로크미디어가
유혹하는
재미있는 세상

ROK
MEDIA
로크미디어

개혁군주

개혁 군주 10

2022년 9월 16일 초판 1쇄 인쇄
2022년 9월 21일 초판 1쇄 발행

지은이 이윤규
발행인 김정수 강준규

기획 이기헌 왕소현 박경무 강민구 조익현
책임편집 최전경
마케팅지원 이원선

발행처 (주)로크미디어
출판등록 2003년 3월 24일
주소 서울시 마포구 성암로 330 DMC첨단산업센터 318호
Tel (02)3273-5135 **편집** 070-7863-8592 **Fax** (02)3273-5134
홈페이지 rokmedia.com **E-mail** rokmedia@empas.com

ROK
MEDIA
로크미디어

개혁군주

이윤규 대체역사 소설 ⟨10⟩

| 이완의 꿈 |

차례

제3차 영원성 전투   7

국상   41

이완의 꿈   73

연방   95

최초의 상륙작전   121

인해전술   149

혈전   181

이간책   207

최후의 공성전   237

사방에서 휘몰아치는 열풍   259

연개소문의 회신   281

제3차 영원성 전투

참모 한 명이 급히 들어와 고했다.

"저하! 낭보이옵니다. 개평을 공격하던 2군이 성을 함락했다고 합니다."

회의실의 분위기가 후끈 달아올랐다.

세자도 크게 기뻐했다.

"잘되었구나. 아군 피해는 얼마나 된다고 하던가?"

"대대적인 포격에 이은 항복 권유를 받아들인 덕분에 거의 없었다고 합니다."

"하하하! 듣던 중 반가운 소리구나. 2군사령관에게 축하 인사를 보내고, 서둘러 영구를 점령한 뒤 우리가 갈 때까지 휴식을 취하라고 전하라."

전령의 목소리도 높아졌다.

　"그렇지 않아도 영구 점령과 함께 요하를 경계로 방어선을 구축한다고 했사옵니다. 아울러 도강을 위한 준비도 미리 마쳐 놓겠다는 전언이옵니다."

　백동수가 크게 기뻐했다.

　"역시 2군사령관이네요. 작전 계획에 따라 병력 운용을 철저히 시행하고 있습니다."

　세자도 흡족해했다.

　"그러게 말입니다. 총참모장."

　"예, 저하."

　"요동과 만주 지역에 배치될 예비사단은 어떻게 진행되고 있지요?"

　총참모장이 서류를 보며 보고했다.

　"요동반도는 51예비사단 병력이 배치되고 있습니다. 요양과 심양을 담당할 52예비사단 병력 선발대도 내일이면 요양에 도착할 예정이고요. 만주 지역을 담당할 55연해사단 병력은 이미 3군과 임무 교대를 하는 중입니다.

　계획대로 진행되고 있다는 보고였다. 세자는 흡족한 표정으로 연신 고개를 끄덕였다.

　"선발대를 출발시켜도 문제가 없겠네요."

　1군사령관이 나섰다.

　"그렇지 않아도 내일 여명에 맞춰 기병여단이 먼저 출발하

기로 했습니다. 다른 예하 보병사단도 순서에 따라 이동을
시작할 것이고요."

"좋습니다. 그러면 요하까지 안전사고에 유의하며 병력을
이동합시다."

"예, 저하."

❋

다음 날부터 병력 이동이 시작되었다.

조선군은 심양을 공략하면서 이미 혼하를 도강해 있었다.
그 바람에 요하의 다른 지류를 건너지 않고 요하 본류를 따
라 이동할 수 있었다. 이런 조선군의 이동은 빨라서 닷새 만
에 2군과 합류할 수 있었다.

세자가 요동반도를 공략하느라 고생한 2군사령관과 장병
들의 노고를 격려했다.

이어서 1, 2군 지휘부와 함께 요하에 방어선을 구축한 상
황을 둘러봤다. 방어선이 구축된 요하 하구 지역은 대부분
평지여서 낮은 구릉에서도 강 건너가 훤히 보였다.

세자가 적정을 살피다 고개를 갸웃했다.

"이게 어떻게 된 일이지요? 요하 주변에 적들이 보이지 않
네요?"

백동수도 동조했다.

"그러게 말입니다. 청군이 강변에 보이지 않는다는 건 천혜의 방어선인 요하를 저들이 포기한 듯합니다. 2군사령관, 이게 어떻게 된 일이오?"

2군사령관이 설명했다.

"보시는 대로입니다. 개평을 공략할 때만 해도 꽤 많은 병력이 요하 주변에 있었습니다. 그러던 청군이 우리가 쉽게 개평을 평정한 것을 보고는 썰물처럼 병력이 빠져나갔습니다. 그 바람에 보시는 것처럼 요하 일대에는 피난민들만 널려 있는 상황입니다."

그의 설명대로 요하에는 피난민들로 인산인해였다. 잠시 그 모습을 바라보던 세자가 결정했다.

"백 장관님, 도강을 며칠 늦추도록 해요."

백동수가 놀랐다.

"저하! 전쟁은 기세입니다. 연전연승하며 여기까지 온 우리 병사들의 사기는 최상이옵니다. 그런 여세를 몰아 바로 도강하지 않으시겠다니요?"

세자가 피난민들을 바라봤다.

"저기를 보세요. 저렇게 도강하려 악을 쓰고 있는 피난민들에게 우리는 침략군에 지나지 않아요. 저렇게 기를 쓰고 도망치려는 피난민들을 주저앉혀 놓는다고 해서 별 도움이 되지 않아요."

총참모장이 바로 거들었다.

"옳은 지적이십니다. 저들을 잡아 두면 처음에는 고개를 숙일지 모릅니다. 그러나 이내 불평불만 세력을 형성하면서 우리의 통치에 걸림돌이 될 확률이 높습니다."

"바로 그 점이 문제예요. 나는 그와 같은 문제를 미연에 방지하기 위해서라도 저들이 도강을 마칠 수 있는 며칠의 시간을 주었으면 해요."

총참모장이 적극 동조했다.

"탁월하신 선택입니다. 도주하는 피난민들을 구태여 붙잡을 필요는 없습니다. 화근을 제거하기 위해서라도 저하의 말씀대로 며칠 시간을 주는 게 좋습니다. 그동안 우리는 병력을 점검하면서 부교를 튼튼히 설치하는 게 좋습니다."

2군사령관도 동의했다.

"소장도 같은 생각입니다. 요동반도를 돌아오면서 만났던 한족과 만주족들은 하나같이 우리에게 적대적이었습니다. 특히 한족의 적대감이 의외로 높다는 점도 유의해야 하옵니다."

세자의 표정이 심각해졌다.

"그런 일이 있었습니까?"

총참모장도 우려를 숨기지 않았다.

"저는 지도층인 만주족보다 한족이 협조적일 줄 알았는데 의외네요. 요동과 요양에서는 그런 경우가 없었습니다. 심양은 대부분이 만주족이어서 더 그러했고요."

2군사령관이 설명했다.

"요동반도 일대는 오래전부터 한족이 들어와 살던 지역입니다. 청나라도 그런 점을 감안해 봉금령을 선포할 당시 요동반도 일대에 대한 한족의 거주를 인정해 주었고요. 그러다 보니 자신들이 요동반도와 요동의 주인으로 착각하고 있어서 반발이 의외로 심했습니다."

세자가 질문했다.

"그런 자들을 어떻게 조치했나요?"

"용서하지 않았습니다. 우리에 대해 반감을 품은 자들은 철저하게 색출해 포로로 만들었습니다. 그래도 반발이 심한 자들은 따로 모아 공개처형을 했고요. 그렇게 해서 잡아들인 포로들은 전부 도로공사를 비롯한 각종 공사 현장에 투입했습니다."

"조치가 엄정했다는 의미는 반발이 많았다는 것이네요."

"솔직히 의외라는 생각이 들 정도였습니다. 소장도 그렇지만 우리 지휘부는 요동이라는 생각에 반발은 별로 생각하지 않았었습니다. 특히 대련과 개평 사이에 있는 웅악(熊岳)성의 한족은 끝까지 저항할 정도로 유난히 반발이 심했습니다. 그래서 성을 점령한 뒤, 주민들 전부를 포로로 만들어 노역현장으로 보내 버렸습니다."

"그런 숫자가 모두 얼마나 되지요?"

"10만이 훌쩍 넘습니다."

"만주족과 한족이 섞였겠네요."

"거의가 한족이었습니다."

"흐음! 심각한 일이네요. 우리가 장성을 넘게 되면 반발이 의외로 심할 수가 있겠군요."

2군사령관이 제안했다.

"어쩔 수 없는 일입니다. 그리고 당근과 채찍을 동시에 활용하면 한족의 반발을 쉽게 잠재울 수 있다고 생각합니다."

세자가 눈을 빛냈다.

"그래요?"

"잠깐이지만 제가 경험한 한족들은 이재에 밝았습니다. 그런 한족들에게는 적절한 경제적 이득을 안겨 주면서 조금의 기득권을 인정해 주면 불만은 쉽게 가라앉을 것입니다. 그리고 한족의 반발이 심한 까닭은 우리의 북벌이 생각지도 못한 상황이었던 게 그 원인일 수가 있습니다. 아마도 우리의 압도적 군사력을 몇 번 경험하고 나면 쉽게 수그러들 것입니다."

"경제력과 군사력으로 제압하자는 말이군요."

"그렇사옵니다. 만주족은 처음 건국하고서 수십 년 동안 만리장성을 넘지 못했습니다. 그러다 명나라를 배반한 오삼계(吳三桂)의 도움을 받고서야 겨우 장성을 넘었습니다. 그런데 우리가 그런 만리장성을 가볍게 돌파한다면 지금까지 우리 조선을 업신여기던 생각이 대번에 바뀔 것입니다."

세자가 고개를 끄덕였다.

"우리 조선이 군사 강국이란 사실을 천하에 알리는 계기로 삼자는 말이군요."

"그렇습니다."

"음! 그렇다면 적극적인 심리전을 펼치면 효과가 배가되겠네요. 그래야 저들이 받아들이는 강도가 달라질 터이니 말입니다."

2군사령관이 격하게 동조했다.

"역시 저하십니다. 맞습니다. 전쟁에서 심리전은 최고의 전략 중 하나입니다. 장성 함락을 전후해 고도의 심리전을 펼친다면 본국의 위상 제고에 큰 도움이 될 것입니다."

세자가 치하했다.

"2군이 고생이 많았네요. 장차 한족과 만주족을 상대해야 할 우리에게 더없이 귀중한 정보를 가져왔고요. 수고 많았습니다."

"아닙니다. 저희보다 1군이 고생 많았다는 보고를 받았습니다."

1군사령관이 크게 웃었다.

"하하하! 사령관께서 별말씀을 다 하십니다. 그렇게 따지면 흑룡강과 길림 지역을 평정하고 청국 기병과 정면 격돌까지 한 기병사령부와 3군이 가장 큰 고생을 하고 있지요."

백동수가 적극 동조했다.

"옳은 지적이네. 지금까지의 전과로 보면 기병사령부와 3

군이 최고의 전공을 세우고 있어."

세자가 정리했다.

"모두가 고생한 덕분에 여기까지 파죽지세로 진군하게 되었습니다. 기병사령부와 3군은 장성 북부는 물론이고 몽골 초원까지 평정해야 합니다. 그런 중차대한 임무를 맡고 있으니 나중에 전공을 산정할 때 그에 대한 노고는 어느 정도 가산해 주어야겠지요."

기병사령관이 손사래를 쳤다.

"아이쿠! 이러지 마십시오. 북벌은 이제 겨우 시작인데 누가 잘하고 못하고가 어디 있겠습니까? 그리고 공연히 높이 떴다 떨어지면 큰일입니다. 저희는 단지 기병이어서 많은 지역을 평정하고 있을 뿐입니다. 그렇게 따지면 우리보다는 지역을 평정하는 데 실질적인 역할을 하고 있는 3군의 공이 훨씬 더 큽니다."

세자도 인정했다.

"3군이 고생이 많기는 하지요."

"예. 지금도 병력을 적봉(赤峰)으로 이동하느라 여기도 못 내려오는 상황이지 않습니까? 만일 만주 일대에서 군마를 대거 수급하지 못했다면 이동에 아주 큰 곤욕을 치렀을 것입니다."

백동수가 건의했다.

"저하! 우리는 피난민 때문에 도강이 늦어도 됩니다. 하지만 북방을 담당해야 할 기병까지 그럴 필요가 없지 않겠습니까?"

세자가 바로 이해했다.

"아! 겨울을 생각해야 하는군요."

"그러하옵니다. 북방의 겨울은 혹독합니다. 추위에 단단히 대비는 했다지만 3군과 함께 움직여야 할 기병은 서둘러 이동하는 게 좋을 듯하옵니다."

세자가 즉석에서 허락했다.

"좋습니다. 그렇게 하세요. 그 대신 피난민들과 떨어진 지점에서 도강을 하는 게 좋겠네요."

기병사령관의 목소리가 높아졌다.

"그렇게 조치하겠습니다."

세자의 지시가 이어졌다.

"공병대는 부교를 튼튼하게 건설하세요. 이번에 부설되는 부교는 해체하지 않고 병참지원과 예비사단을 위해 장기적으로 사용할 겁니다."

"알겠습니다."

지시에 따라 기병이 먼지 기동했다.

공병대는 피난민들의 이동로에서 상당히 떨어진 지점에 부교를 건설했다. 부교가 건설되자 2개 기병군단과 병참부대가 먼저 도강했다.

그런 모습을 본 피난민들은 다투어 요하로 몰려갔다. 갑자기 많은 사람이 몰리면서 강변 일대가 난장판으로 변하면서 많은 사람이 죽거나 다쳤다.

　그러나 피난민들은 이런 상황은 아랑곳하지 않고 서로 먼저 강을 건너려고만 했다. 가뜩이나 피난민들이 몰려 혼잡했던 강변이 아비규환이 되는 건 순간이었다.

　세자는 안타까웠다. 그러나 피난민을 구제하거나 압박하라는 어떠한 지시도 내리지 않았다.

❀

　며칠 후.

　조선군 본진이 도강을 시작했다.

　이미 수많은 피난민이 도강했지만 그래도 많은 수가 남아 있었다. 이들은 이십여만의 조선군이 도강하자 서둘러 강으로 몰리면서 수많은 사람이 죽거나 다쳤다.

　대군이 요하를 도강하는 데 며칠이 걸렸다. 전군이 도강을 마친 조선군은 파죽지세로 진군했다.

　요하 주변은 본래 척박한 지형이었다. 그런 지형을 오랫동안 개간해 온 덕분에 늪지대인 요택(遼澤)을 제외하면 거의 농지로 변해 있었다. 조선군은 이런 평원의 농지를 거칠 것 없이 가로질렀다.

　요하를 건너면 만리장성까지 2개의 거성이 자리하고 있다. 바로 금주성과 영원성이다.

요서 일대는 수십여 개의 크고 작은 요새가 산재해 있다. 그러나 이 두 성이 전체전력 대부분을 담당하고 있었다.

금주는 지리적 요충지로, 청나라가 건국되며 이전보다 크게 발달했다. 반면 영원성은 성의 방어력은 상당했으나 그동안 거의 묻혀 있었다.

영원성은 청나라에 애증의 땅이다.

누르하치와 태종이 연달아 영원성 공략에 실패했다. 그런 영원성은 청나라의 대륙 진출에 최대 장애물이었다.

청나라는 자신들의 무력으로는 도저히 성을 공략할 자신이 없었다. 그래서 북경에 밀사를 파견해 이간책을 펼쳤다.

다행히 이간책이 성공을 거둬 명장 원숭환이 모반혐의로 능지처참 된다. 이간으로 명장을 날려 버린 청나라는 허무할 정도로 쉽게 영원성을 공략했다.

영원성은 성벽이 높고 험해서가 아니라 명장이 지휘했기 때문에 굳건했다. 그런 영원성이 공략되면서 청나라는 장성이북을 완전히 평정하였으며, 이어서 대륙 진출도 성공하게 된다.

청나라는 이런 영원성을 그동안 의도적으로 방치해 놓다시피 했다. 그 대신 금주 방면에 관도를 새로 만들면서 적극 육성해 왔다.

그러던 청나라가 영원성에 기대를 걸었다.

직접적으로 병력을 지원해 주지는 않았지만 요서 일대의 화력을 몰아 주었다. 아울러 금주성에도 병력을 최대한 집결시켰다.

여기에 요서 일대 벌판을 완전히 불태워 버렸다. 이러한 청야 전술은 고구려가 즐겨 쓰던 전략이었다.

고구려는 인구가 적었다.

그래서 수·당이 침략하면 들판을 불태워 식량 약탈을 원천 차단했다. 그런데 이번에는 거꾸로 대륙 왕조가 청야 전술을 시행한 것이다.

청나라는 이처럼 총력전으로 대응했다.

그러나 청야 전술은 애초부터 잘못된 판단이었다. 조선군은 대륙 왕조처럼 육상보급과 현지충당에 연연하지 않았다.

조선은 처음부터 해상보급을 계획하고 있었다. 여기에 통조림이라는 최상의 군수물자가 있었기에 조금의 피해도 입지 않았다.

어쨌든, 청나라는 두 성에 모든 군사력을 집결해 조선군의 진공을 막으려 했다. 덕분에 조선군은 금주와 영원까지 파죽지세로 진군할 수 있었다.

요서 일대 수십여 개의 크고 작은 성이 하나같이 비워졌다. 덕분에 조선군이 이런 성과 요새에 무혈 입성할 수 있었다.

그리고 금주를 포위했다.

공략은 포격전부터 시작했다.

금주도 다른 성과 마찬가지로 나름대로 반격을 펼쳤다. 그러나 화력에서 워낙 차이가 난 터라 반격은 거의 무용지물이었다.

조선군은 이전과 다른 공격을 펼쳤다.

이전에는 어느 정도의 포격에 이어 항복을 권유했다. 그러나 금주공략은 시종일관 무차별 포격으로만 진행되었다.

물론 화력이 집중될 때와 그러지 않을 때가 구분되기는 했다. 그러나 포격은 밤낮을, 장소를 가리지 않고 진행되었으며, 그로 인해 금주는 거의 초토화되어 버렸다.

며칠간의 포격으로 성벽은 형체만 남긴 채 허물어졌다. 포격이 집중된 성내는 피해가 더 심해 제대로 서 있는 건물이 거의 없었다.

조선군도 금주나 영원성이 쉽게 항복하지 않으리란 사실을 알고 있었다. 그리고 이번에 조선군의 화력을 분명하게 보여 줄 필요가 있었다.

무차별 포격에 이어 보병이 나섰다.

최초의 전술 변화였다. 조선군의 보병 진격은 그 방식부터가 이전과 확연히 달랐다.

이전에는 공성무기를 앞세워 진격했다. 그러면서 병력 이탈을 막기 위해 집단으로 접근해서는 성벽에서 교전을 벌였다. 이런 공격이어서 공성병력은 수성병력보다 몇 배나 많아야 했다.

그러나 조선군의 보병 전술은 달랐다.

"부대! 산개하며 진격하라!"

선발부대장이 명령하자 병력이 사방으로 흩어지며 달려나갔다.

달리던 병사들은 거점을 확보하고는 재빨리 은폐물에 의지하거나 엎드려서 총구를 성벽으로 겨눴다. 이어서 다음 병력이 뒤따랐다.

이즈음 포격이 멈췄다.

금주성도 빠르게 움직였다. 조선군의 진격을 알게 된 금주성은 숨어 있던 병력을 동원해 벽돌 무더기로 변한 성벽에 배치했다.

조선군 선발대는 특등사수들이었다. 이들은 청군이 성벽에 모습을 나타내자 그대로 저격했다.

탕! 탕! 탕! 탕!

무수한 청군이 죽어 나갔다.

이러는 사이 뒤따르던 병력이 선발대를 지나 전진했다. 그렇게 나간 병력은 일정 거리가 되자 다시 멈춰서는 엄폐물 뒤에 숨거나 엎드린 자세를 취했다.

그것을 확인한 선발대가 몸을 최대한 웅크리며 달려가서는 병사들을 지나 다시 위치를 점거했다.

이런 돌격이 몇 차례 반복되었다.

조선군은 성벽 위로 청군만 보이면 주저 없이 방아쇠를 당겼다. 저격이 연이어지면서 청군은 제대로 고개를 내밀지 못했다.

그사이 선발대가 성벽에 도달했다.

선발대는 2인 1조로 갖고 있던 갈고리를 던져 걸었다. 그리고 동료와 눈짓을 주고받고는 병사 한 명이 성벽을 올랐다.

밑에 있던 병사는 총구를 성벽 위로 겨누며 눈도 깜빡이지 않았다. 성벽을 오른 병사는 신속하게 공격했다.

탕!

가장 먼저 장탄된 마지막 총탄을 격발했다. 그러고는 정면에서 당황해하는 청군을 총검술로 그대로 타격했다.

퍽!

공격은 순간이었다.

선발대는 나는 듯이 청군을 격살했다.

수없이 고련을 거듭했던 선발대의 총검술 공격에 청국은 속수무책 당해야 했다. 처음 보는 총검 공격에 청군은 크게 당황했다.

그럼에도 청군도 빠르게 정신을 차리고 저항하기는 했다. 그러나 이미 기선이 제압된 상황이어서 반격은 별다른 타격을 주지 못했다.

성벽의 병사가 청군과 백병전을 벌일 즈음 아래의 병사가 올라왔다. 그 병사도 선발 병사와 마찬가지의 방식으로 청군에 강력한 타격을 가했다.

순식간에 성벽을 점령했다.

공성전에서 성벽을 점령하면 전투는 이미 끝난 상황이나

다름없다. 그러나 금주성의 청군은 그대로 주저앉지 않았다.

이들은 빠르게 후퇴해서는 시가전을 벌일 준비를 했다. 그러나 청군의 이런 바람은 희망에 지나지 않았다.

조선군은 새로운 작전을 들고나왔다.

이전이었다면 대규모 병력을 동원해 적을 밀어붙여 결판을 냈었다. 그런데 성벽을 점령한 조선군은 박격포로 성안을 공격했다.

퐁! 퐁! 퐁! 퐁!

전혀 예상 못 한 공격이었다.

독 안에 든 쥐 꼴이었다. 성벽에서 내려다보며 쏘아 대는 박격포는 이전보다 더 큰 타격을 주었다.

청군은 오래 버티지 못했다.

압도적 타격에 지리멸렬하던 청군은 어느 순간 누군가 먼저 백기를 내걸었다. 그 뒤를 이어 두 팔을 든 청군이 쏟아져 나왔다.

조선군 지휘관이 소리쳤다.

"박격포! 공격을 멈춰라! 포격 중지!"

깃발 신호에 따라 진행되던 포격이 급히 중단되었다. 그러자 숨어 있던 청군이 두 팔을 들고는 넓은 지역으로 황급히 몰려나왔다.

금주 전투는 이것으로 끝이었다.

요서의 두 축 중 한쪽이 너무도 쉽게 무너진 것이다. 조선

군은 금주에 1개 사단을 남겨 두고는 빠르게 움직여 영원성
으로 진격했다.

청국은 난리가 났다.

금주로 요서 지역 병력을 몽땅 몰아 지원을 했음에도 며칠
견디지도 못했다. 더하여 조선군에 제대로 된 타격조차 입히
지 못한 뼈저린 패배였다.

남은 희망은 영원성이 전부다.

그러나 청국은 영원성을 지원할 더 이상의 마땅한 수단이
없었다. 그래서 백여 리 밖에 떨어져 있지 않은 산해관의 방
어력을 적극 보강했다.

이를 위해 북경과 직례 일대에서 대대적인 징병이 실시되
었다.

벌써 몇 번의 징병이 시행되면서 북경 일대는 인적자원이
형편없이 줄어들었다. 그럼에도 청나라가 징병을 강행할 수
있었던 건 피난민들 때문이었다.

그동안 엄청난 숫자의 피난민이 만리장성을 넘었다.

피난민들은 대부분 무작정 장성을 넘은 탓에 호구지책도
제대로 없었다. 이런 피난민들에게 징병은 일종의 구호책이
될 수가 있었다.

그 바람에 자발적 입대자도 상당했다.

청국은 진황도 부근에서 피난민들을 대상을 징병을 실시
했다. 지리적 효과가 극대화된 덕분에 엄청난 병력을 긁어모

있다.

　징병한 병력은 무기도 없이 무조건 만리장성으로 보냈다. 그렇게 만리장성 일대로 집결한 병력은 거기서 무기도 받고 훈련도 받아야 했다.

　장성 안쪽은 이런 일로 부산했다. 그러나 장성 부근은 사방에서 몰려드는 피난민들로 인산인해였다.

　생각 외로 많은 징병을 했으나 영원성에 추가 병력을 지원하지 않았다. 아니, 지원을 하고 싶어도 조선군 때문에 그러지 못했다.

　금주를 출발한 조선군은 며칠 만에 영원성에 도착했다. 그보다 먼저 선발대인 기병여단이 장성까지 진출해 청군의 병력 이동을 막아 버렸다.

　조선군의 빠른 기동으로 산해관의 청군은 아무 조치도 할 수가 없었다. 그저 긁어모은 병력을 훈련시키고 배치하느라 정신이 없었다.

　영원성에 도착한 조선군은 주변 지역부터 정리했다. 주변 성들이 전부 비워진 덕분에 빠르게 주변을 정리하고는 영원성 공략에 집중했다.

✿

　영원성 공략 전날 저녁.

세자가 지휘관들을 소집했다.

1군과 2군이 모두 집결했다. 덕분에 연대장 이상만 모였음에도 지휘관의 숫자는 상당했다.

세자가 막사를 가득 메운 지휘관들을 보며 흡족해했다. 그런 세자의 마음을 백동수가 읽었다.

"든든하시지요?"

"예, 그러네요. 모처럼 이렇게 많은 지휘관을 보니 든든합니다. 한 사람 한 사람이 모두 소중한 구국의 간성이지 않습니까?"

"하하하! 잘 보셨습니다. 저와 같은 사람들은 은퇴가 머지 않았습니다. 그러나 대부분의 지휘관은 젊고 강건해서 우리 조선의 20년은 너끈히 책임질 수 있을 것입니다."

"국방에 그보다 좋은 일은 없지요. 경험이 많은 군 지휘관이 있다는 건 더없는 축복입니다. 그래서 나는 앞으로 우리의 미래가 지금보다 훨씬 더 편안할 거라 믿어 의심치 않습니다."

지휘관들은 마음속으로 이미 세자를 주군으로 모시고 있었다. 그런 주군이 자신들에게 최고의 찬사를 보내 주었다.

지휘관들의 얼굴이 하나같이 붉어졌다.

세자도 그런 지휘관을 둘러보며 연신 고개를 끄덕였다. 세자도 지휘관들도 말은 하지 않았지만 서로 같은 감정이란 사실을 알았다.

백동수가 나섰다.

"자! 지금부터 지휘관 회의를 시작하겠습니다. 먼저 세자 저하의 말씀이 있겠습니다."

세자가 일어섰다.

"청국이 영원성에 큰 기대를 갖고 있습니다. 수색대의 보고에 따르면 주변의 화포를 모조리 긁어모아 배치를 했다고 합니다. 그 숫자가 무려 200문이 넘는다고 하고요."

과거였다면 200여 문의 화포라는 소리에 놀랐을 조선군이었다. 그러나 이제는 누구도 그 정도로는 눈도 깜빡하지 않았다.

세자가 그 부분을 지적했다.

"청국으로선 최선이겠지만 우리에게는 더없이 좋은 기회입니다. 여러분께서는 청국이 명나라와의 전쟁 도중 영원성에서 두 번이나 패했다는 사실을 잘 알 것입니다."

모든 지휘관이 크게 고개를 끄덕였다.

"그 이후 영원성은 청나라의 노골적인 배척으로 거의 잊힌 성이 되었지요. 그래서 이번 전투가 제3차 영원성 전투가 된 것입니다."

세자가 이번 공성전에 큰 의미를 부여했다. 지휘관들도 서로를 바라보며 의미를 되새겼다.

"청국은 자신들이 두 번이나 공략에 실패한 영원성에 큰 기대를 갖고 있을 거예요. 그런 청국의 기대감을 박살 내기 위해서라도 영원성을 철저하게 무너트려야 합니다."

1군사령관이 질문했다.

"저하! 그러면 항복도 받아 주지 않습니까?"

"저들이 항복한다는 걸 막을 수는 없지요. 그러나 이전처럼 항복을 권유하지는 말아요."

"알겠습니다. 철저하고 무자비하게 공략하도록 지시하겠습니다."

1군사령관의 발언에 모두가 웃음을 터트렸다.

세자도 웃음을 지으며 발언을 이어 나갔다.

"저들이 화포만 많이 설치한 것이 아니에요. 1, 2차 영원성 전투에서 패전한 까닭이 명나라의 명장인 원숭환 때문이지요. 이런 사정을 누구보다 잘 알고 있는 청국은 이번에 공성전에 능한 장수를 배치했다고 합니다."

백동수가 장담했다.

"저하! 조금도 걱정하지 마십시오. 우리 조선의 포병은 최강입니다. 청나라 장수가 아무리 유능하다고 해도 화력의 절대 열세는 결코 넘어설 수는 없사옵니다."

"맞아요. 포병 화력은 우리가 파죽지세로 여기까지 오게 된 가장 큰 원인이지요. 그러나 조심해서 나쁠 것이 없어요. 저들의 화력이 우리보다 못하지만, 영원성 청군의 사기만큼은 우리에 뒤지지 않는다고 하잖아요. 그러니 포격전 이후의 상황을 조심해야 합니다."

"알겠습니다. 호랑이는 토끼를 사냥할 때도 최선을 다한다고 했으니 결코 자만하지 않겠습니다."

"잘 부탁드립니다."

백동수가 지휘관을 둘러봤다.

"저하의 말씀대로 영원성은 청나라에게 상당한 의미가 있습니다. 그런 성을 압도적인 전력으로 완벽하게 평정한다면 청국에 큰 충격을 안겨 주게 될 겁니다. 아울러 우리 군사력을 대륙에 각인시켜 주는 계기가 되겠지요."

2군 사령관이 우려했다.

"우리의 전력을 너무 노출하는 것도 나중에 문제가 되지 않을까요?"

"그런 문제점도 없잖아 있습니다. 그러나 압도적인 화력을 보여 주면서 얻게 되는 효과가 훨씬 큽니다. 저들은 지금까지도 우리의 군사력에 대해 경시하고 있을 겁니다. 단지 자신들이 밀리는 건 제대로 준비하지 않은 잘못으로 몰아가면서요."

총참모장이 적극 동조했다.

"맞는 말씀입니다. 저들은 '너희가 감히'라는 우월 의식을 쉽게 버리지 못합니다. 그런 오판과 자만을 깨트리기 위해서라도 압도적인 화력을 보여 주어야 합니다. 그래야 북벌이 끝나고 지역을 정비할 때 쓸데없는 반발을 줄일 수 있습니다."

세자가 격하게 공감했다

"바로 그겁니다. '창업보다 수성이 어렵다.'라는 격언을 우리는 수없이 들어 왔습니다. 아무리 넓은 땅을 수복하며 적을 격파했다고 해도 제대로 지키지 못하면 만사휴의입니다. 우리는 지금까지 수복한 영토를 서둘러 안정시켜야 합니다. 그런 위무 작업을 펼치려면 청나라가 쉽게 도발을 못 하도록 만들어야 하는 건 기본입니다. 이번 전투에 우리가 보유한 막강 전력을 보여 주어서 저들의 오금을 묶어 놔야 합니다."

지휘관들이 연신 고개를 끄덕였다.

백동수가 다시 나섰다.

"우리는 불과 한 달여 만에 요동과 만주를 평정했습니다. 그리고 이제 요서의 마지막 남은 영원성을 함락하려 합니다. 더하여 기병군단과 3군은 북방을 평정하러 올라갔고요. 지금까지는 이처럼 계획대로 잘 진행되고 있습니다. 그리고 마지막 남은 영원성 공략을 눈앞에 두고 있습니다."

백동수가 지휘관들을 둘러봤다.

"왜 최고의 전력을 투사해야 하는지, 이제 여러분도 잘 아실 겁니다. 그러니 유종의 미를 거두기 위해서라도 최선을 다해 주시기 바랍니다. 나는 여러분들을 믿습니다."

1군사령관이 나섰다.

"기대에 반드시 부응하도록 최선을 다하겠습니다. 그래서 승리를 세자 저하께 바치겠습니다."

"승리를 세자 저하께 바치겠습니다!"

모든 지휘관이 복창했다. 그 소리에 세자가 입을 굳게 다물며 크게 고개를 끄덕였다.

❀

다음 날 새벽.

여명과 함께 포격이 시작되었다.

쾅! 쾅! 쾅! 쾅!

이번에는 청국의 대응도 즉각 나왔다. 성벽에 거치된 200여 문의 화포가 대대적으로 반격했다.

영원성 성벽이 엄청난 포연에 잠겼다. 그로 인해 청국 포대 위치를 제대로 확인할 수 없었다.

본래는 적의 포격을 확인하고는 대응 포격으로 박살 내려고 했다. 그런데 포연 때문에 청군 포대의 위치를 특정하지 못하게 되었다.

조선군으로선 예상 못 한 결과였다. 그러나 청군의 포격으로 피해가 전혀 없는 상황이어서 조선군은 계획을 바꿨다.

"적의 포연이 너무 심하다. 그러니 정교하게 성벽을 포격해 청군 포대를 무력화해라!"

첫 계획은 틀어졌다.

그럼에도 조선군은 당황하지 않고 다른 방식으로 공격을 재개했다. 세자의 당부가 더해진 조선군의 정밀 포격에 청국의 피해가 차츰 늘어 갔다.

꽈꽝! 꽝!

청군 포대가 쌓아 놓은 화약이 피격되면서 유폭이 최초로 발생했다. 화약이 일시에 폭발한 유폭은 불기둥과 함께 그 주변을 초토화했다.

세자는 냉정한 표정으로 성을 살폈다.

"의외로 잘 버티네요. 금주에서는 이런 포격에 쉽게 무너졌는데요."

"청군 장수가 공성전에 능하다는 말이 맞나 봅니다. 지금까지 청국은 성벽에 화포를 거치하면 화약을 그 주변에 두었었습니다. 그런데 이번에는 성벽 아래에 두었는지 200여 문의 화포가 있었음에도 유폭이 처음입니다."

이때, 두 번째 유폭이 발생했다.

세자가 기뻐했다.

"오오! 두 번째 유폭이네요. 드디어 우리의 포격이 제대로 효과를 발휘하나 봅니다."

"예, 그런 거 같습니다."

두 사람의 희망이 통했는지 이어서 유폭이 연달아 발생했다. 유폭과 함께 청나라 화포의 반격의 기세는 급격히 떨어졌다.

어느 순간 조선군의 포격이 달라졌다.

지금까지는 고폭탄으로 성벽 위와 성안을 집중 공격했다.

그러던 포격 중 일부가 철갑탄으로 바뀌었다.

꽝! 와르르! 꽈꽝!

청국의 성벽은 외부는 벽돌로, 내부는 흙과 자갈로 되어 있다. 이러한 축성 방식은 적의 포격에 상당한 저항력을 갖고 있었다.

그런 상황을 알고 있던 조선군은 철갑탄으로 집중 포격을 가했다. 10여 문의 대포가 한 부분만을 집중 타격하자 효과는 이내 나타났다.

우르릉!

쉽게 무너지지 않던 성벽의 한쪽이 집중 포격에 무너져 내렸다. 그와 함께 성벽 위에 있던 병력과 화포도 일시에 무너졌다.

백동수가 주먹을 움켜쥐었다.

"저게 정수였습니다. 저런 식의 집중 포격으로 성벽을 차곡차곡 무너트려 나가면 되겠습니다."

세자도 동조했다.

"그러네요. 앞으로 공성전을 벌일 때 포격 방식을 이중으로 활용하면 큰 도움이 되겠네요."

"예. 만리장성과 같은 거대한 성벽도 저런 방식이면 무너트리기가 결코 어렵지 않겠습니다."

"흠!"

세자는 고개를 끄덕이며 동조했다.

그러나 말은 다르게 나왔다.

"앞으로의 공성전에 좋은 방법이네요. 그렇지만 만리장성을 무너트리는 데에는 사용하지 않았으면 하네요. 만리장성은 나중에 우리가 활용해야 할 방벽이잖아요."

백동수가 대번에 알아들었다.

"아! 맞습니다. 대업에 성공하면 만리장성은 장차 한족의 이주를 막게 될 중요한 역할을 하게 되지요?"

"그렇습니다. 그래서 만리장성을 구태여 무너트릴 필요는 없지요. 아니, 공략이 끝나면 사람들을 동원해 무너진 부분을 보수해야지요."

"하하하! 맞습니다. 그렇게 해야지요. 그런데 만리장성을 그런 식으로 활용하는 게 알려지면 한족들이 어떤 생각을 하게 될지 참으로 궁금하옵니다."

"한족들은 천하가 자신들의 중심이라고 생각하는 자들입니다. 우리가 장성을 그런 식으로 활용하면 그들의 자만심에 큰 상처를 입게 될 거예요. 그것도 속국으로만 생각하던 우리에 의해 그런 일이 발생해서 더 그럴 거고요."

백동수가 기대감을 숨기지 않았다.

"생각만 해도 가슴이 뿌듯합니다. 지금까지는 우리가 검문을 받아야 했지만, 앞으로는 한족들이 검문을 받게 됩니다. 그런데 그렇게 되면 한족들이 조직적으로 반발하지 않을까요?"

세자가 주변을 둘러봤다.

그러다 총참모장과의 시선이 마주치자 손가락으로 입을 가리켰다. 그것을 본 총참모장은 즉각 고개를 끄덕이며 비밀 엄수를 다짐했다.

그것을 확인하고서야 세자가 입을 열었다.

"솔직히 나는 한족을 믿지 않아요. 장성 안쪽의 만주족도 마찬가지고요."

"역시 저하께서는 그런 우려를 갖고 계시는군요."

"만주가 이번에 정리되어도 남아 있는 한족이 100만은 훌쩍 넘을 거예요. 만주족도 비슷할 것이고요. 그래도 그 정도는 크게 걱정을 하지 않아요. 수많은 한족이 장성을 넘어가면 그들이 소유했던 엄청난 땅이 무주지가 됩니다. 더구나 봉금령 일대의 땅은 헤아릴 수조차 없고요. 이런 땅을 적절히 분배하면 장성 안쪽의 한족들은 손쉽게 융화될 거예요."

총참모장이 거들었다.

"문제는 장성 너머겠지요?"

"맞아요. 요동 요서에서 넘어간 피난민이 수백만이에요. 직례와 그 주변의 한족들은 몇 배이고요. 우리의 공략이 시작되면 그들 중 많은 수가 청국을 따라 황하를 건너가겠지요. 그러나 더 많은 수의 한족이 남을 거예요. 그렇게 남은 자들은 당장은 고개를 숙이지만 언젠가는 반드시 문제가 될 겁니다."

"언젠가는 터져야 할 화약고라는 말씀이군요."

"그래요. 그래서 나는 그런 화약고를 기회를 봐서 터트리려고 합니다.

두 사람이 동시에 탄성을 터트렸다.

총참모장이 대번에 우려를 나타냈다.

"한족의 반란을 방조하자는 말씀이신데, 저하! 그러다 한족의 반란을 막지 못하는 경우도 생길 수가 있습니다. 그리되면 우리가 죽음으로 얻은 영토를 허무하게 포기할 수도 있사옵니다."

세자가 단호했다.

"삭주굴근(削柱掘根)을 위해서는 어쩔 수 없어요. 언젠가 터질 화약을 끼고 살면 우리는 강력한 통치력을 발할 수 없어요. 그리고 최악의 경우 만리장성 너머를 포기할 생각도 하고 있고요."

백동수의 눈이 더없이 커졌다.

"저하! 그게 무슨 말씀이옵니까? 장성 너머를 포기하시다니요. 천부당만부당입니다."

세자가 손을 들었다.

"아! 너무 걱정 마세요. 그만한 각오로 임한다는 말입니다. 그러니 마음에 새겨 둘 필요는 없어요."

총참모장이 거들었다.

"한족이 반란을 일으키면 장성 너머를 초토화하시겠다는

말씀이군요."

"그래요. 두 번 다시 삿된 생각을 하지 못하도록 철저하게 밟아 버릴 겁니다."

백동수의 안색이 침중해졌다.

"으음! 저하께서 그런 계획을 갖고 계시다면 미리 준비를 해 놓을 필요가 있겠습니다."

세자가 동의했다.

"그렇게 하세요. 그리고 더 큰 일이 일어나지 않게 하기 위해서라도 청국을 너무 철저하게 압박하면 안 됩니다."

총참모장의 눈이 커졌다.

"저하! 그렇다면!"

세자가 손을 입으로 가져갔다.

"그만! 그만하세요. 더 말을 하면 자칫 천기누설이 될 수도 있습니다."

"예, 조심하겠습니다."

백동수가 어리둥절했다.

"무슨 말씀이신지 신은 도무지……."

세자가 웃으며 정리했다.

"나머지 말은 사람이 없을 때 총참모장과 따로 나누세요. 지금은 아무리 조심한다고 해도 보고 듣는 귀가 많습니다."

"알겠습니다."

세자가 다시 전장으로 눈을 돌렸다.

그 순간 영원성 성벽에서 커다란 유폭 3개가 동시에 터졌다. 그와 함께 솟구친 불꽃으로 인해 주변이 온통 불바다로 변했다.

국상

영원성 전투는 닷새 동안 진행되었다.

다른 지역보다 날짜가 더 걸린 까닭은 조선군의 공격 방식 때문이었다. 조선군은 이중 포격을 이틀간 진행했다.

이어서 금주에서와 같이 보병 선발대가 진입해 성벽을 점령했다. 그러고는 박격포의 포격이 이어졌는데, 금주와 달리 적극적인 포격을 하지 않았다.

그 대신 저격병을 배치해 성안의 청군을 차곡차곡 저격해 나갔다. 지루한 공격이었으나 효과는 어마어마했다.

조선군의 저격에 수많은 청군이 죽어 나갔으나 청국은 끝까지 저항했다.

이러면서 이틀의 시간이 더 흘렀다. 그러다 더 이상의 청

군을 사살할 수 없다는 판단이 나오자 다시 박격포 포격이
진행되었다.

박격포도 엄청난 숫자가 성벽으로 올라갔다. 그래서 시작
된 포격은 영원성을 완전히 초토화했으며, 청군도 끝내 저항
을 포기하고 항복했다.

영원성 전투 결과는 즉각 청국에 알려졌다.

전투가 벌어지는 와중에도 조선군은 피난 행렬을 막지 않
았다. 그 바람에 닷새 동안 엄청난 숫자의 피난민이 장성을
넘을 수 있었다.

이런 피난민 중에는 당연히 청군의 첩자도 숨어 있었다.
조선은 전투 결과를 청국에 알리려고 일부러 이들을 색출하
지 않았다.

이들에 의해 영원성 전투가 알려졌다.

급보를 받은 자금성이 뒤집혔다.

쾅!

청국 황제인 가경제도 이제는 사십을 훌쩍 넘긴 중년이었
다. 황제는 친정 기간이 짧았음에도 백련교의 난을 비롯해
수많은 일을 겪어 왔다.

그래서 웬만한 일에는 좀체 화를 내지 않을 정도로 단련되
었다. 그런 황제가 용상의 팔걸이를 내리치며 격하게 분기를
내뿜었다.

"이게 대체 어떻게 된 일이냐? 금주는 사흘만이고 영원성

은 겨우 닷새라니. 대체 언제 조선이 이렇게 막강한 군사력을 양성했단 말인가?"

내각대학사가 몸을 숙였다.

"폐하! 고정하시옵소서. 황공하오나 이럴 때일수록 더 냉정하게 상황을 파악하셔야 하옵니다."

가경제가 더 크게 화를 냈다.

"짐이 지금 고정하게 생겼소? 며칠 전에 열하와 피서산장이 조선군에 함락되었다는 비보를 접했소이다. 그런데 그 비보의 말발굽 소리가 지워지기도 전에 영원성이 무너지다니. 이런 급보를 듣고 내가 어찌 고정할 수 있단 말이오?"

황제의 진노가 대단했다.

그 바람에 내각대학사도 더 이상 나서서 만류하지 못했다. 그렇게 한동안 분노를 폭발하던 황제가 겨우 안정을 찾았다.

"그래. 어떻게 된 과정인지 그거나 알아보자. 영시위내대신은 영원성 결과를 상세히 보고하라."

"……예, 폐하!"

영시위내대신은 내키지 않은 표정으로 나섰다. 그런 그는 조심스럽게 전투 상황을 보고했다.

"……그렇게 해서 남은 병력이 항복하면서 전투가 끝났습니다."

"정녕 닷새 만에 모든 상황이 끝났단 말인가?"

"그러하옵니다."

황제가 태화전의 용상에 주저앉았다.

"아아! 믿을 수가 없도다. 우리가 두 번이나 전면전을 벌였음에도 성벽을 넘지 못했던 성이다. 더구나 첫 번째 전투에서 우리 태조께서는 부상을 입고 결국 돌아가셨다. 그뿐이 아니다. 건국의 영웅이셨던 태종께서도 성공하지 못하셨던 성이다. 그래서 한껏 기대하고 있었는데 불과 닷새 만에 함락되었어. 그것도 전멸에 가까운 피해를 입으면서 완전히 초토화되었다니."

가경제가 연신 고개를 저었다.

"듣고도 믿을 수가 없구나. 도대체 조선의 군사력이 얼마나 대단하기에 난공불락이라고 소문난 영원성을 그렇게 쉽게 무너트릴 수 있단 말인가?"

"……."

황제의 넋두리가 거듭되었음에도 드넓은 태화전은 조용했다. 조선군이 파죽지세로 북방을 점령한 사실은 청국에 너무도 큰 충격으로 다가왔다.

처음부터 조선은 경계의 대상이었다.

그래서 대륙이나 몽골보다 먼저 굴복시켰다. 그것도 부족해 세자와 대군을 볼모로 잡아 10여 년을 묶어 두었다 풀어 주었다.

이후에도 경계를 게을리하지 않아 팔기를 만주에 주둔시키며 늘 압박을 가했다. 처음에는 반발이 많던 조선은 점차

순한 양이 되었다.

그런 조선이 어느새 호랑이가 되었다.

가경제가 탄식했다.

"하아! 큰일이구나. 강남에서는 혹세무민하는 사교가 난리도 아닌데 이제는 북방이라니. 그것도 하찮은 조선이 우리의 본향을 더럽혔어. 그런데도 이렇게 속수무책 당하고 있어야 한다니!"

내각대학사가 조심스럽게 입을 열었다

"폐하! 그건 너무도 갑작스럽게 공격을 당했기 때문이옵니다. 다행히 군이 정신을 차리고 징병에 나서 벌써 오십여만을 모았사옵니다. 아직은 오합지졸이나 이들을 몇 달만 조련하면 강병이 되옵니다. 하오니 잠시만 기다리시옵소서. 그러면 우리 군이 불원간 장성을 넘어 만주를 수복할 것이옵니다. 그리되면 그 여세를 몰아 조선을 짓밟으면 되옵니다."

이 말에 황제의 안색이 조금 펴졌다.

그것을 본 영시위내대신이 급히 나섰다.

"내각대학사의 말이 맞사옵니다. 지금 산해관과 그 일대에 배치된 병력이 오십여만이옵니다. 이들을 최대한 빨리 정병으로 만들어서 반격에 나서면 되옵니다. 그러면 조선군의 화포가 아무리 위력이 좋다고 해도 병력에서 우위인 우리가 이길 수밖에 없사옵니다."

가경제가 고심하다가 고개를 저었다.

"아니다. 50만으로는 부족하다. 조선군의 숫자가 30만을 훌쩍 넘는다고 했다. 그런 병력을 압도하기 위해서는 적어도 100만은 있어야 해."

"폐하! 하지만 징병할 자원이 너무 없사옵니다."

황제가 눈을 부라렸다.

"직례에 없으면 산동과 산서, 하남으로 내려가서 징병하면 된다."

구문제독이 급히 만류했다.

"폐하! 하남은 이미 백련교를 상대하느라 몇 번이나 징병을 했사옵니다. 하오니 기왕 징병을 하실 거면 산서와 산동으로 한정하시옵소서."

"좋다. 그렇게 하자. 대신들은 들어라!"

"하교하시옵소서."

"지금 즉시 산서와 산동총독에게 명을 내려 각각 30만의 병력을 징병해 올리라고 하라. 아울러 각성의 지현과 지부에도 명을 내려 군량을 공출시켜라."

"명을 받드옵니다."

"서둘러라! 조선이 여세를 몰아 장성을 넘으려 한다면 큰 일이다. 그러니 흠차대신을 파견해서라도 최대한 빨리 징병해서 올려 보내라고 하라."

조정대신들이 크게 놀랐다.

흠차대신(欽差大臣)은 황명을 받고 중요 사안을 처리하기 위해 파견되는 관리다. 이런 흠차대신은 해당 사안에 대해서는 총독과 순무보다 더 우선적인 권한을 갖고 있었다.

흠차대신은 백련교의 난을 진압하기 위해서도 파견되지 않았었다. 그런 흠차대신을 조선군을 막기 위한 징병을 위해 파견하라는 명이 떨어졌다.

내각대학사가 주춤거리다 몸을 숙였다.

"……황명을 받잡겠사옵니다."

황제의 명과 함께 몇 명이 대신들이 황급히 대전을 나갔다. 그런 대신들을 바라보던 황제가 대신들을 바라봤다.

"영원성을 점령한 조선군은 지금 어떤 행보를 취하고 있소? 바로 만리장성으로 진격을 해 온 것이오?"

영시위내대신이 나섰다.

"영원성을 점령한 조선군은 곧바로 만리장성으로 병력을 보냈다고 합니다. 그런데 그 이후 행동이 이상하다고 합니다."

"무엇이 이상하다는 건가?"

"장성을 공략하려면 장성 일대로 병력을 집결시켜야 합니다. 그런데 조선군은 장성에서 오십여 리나 떨어진 지점에 진영을 구축했다고 합니다. 그리고 땅을 파는 등의 진지 구축 작업을 하고 있다는 보고이옵니다."

가경제의 이마가 찌푸려졌다.

"으음! 그러면 조선군이 더 이상 진격을 하지 않을 작정이란 말이오?"

"아직 확인은 되지 않사옵니다. 허나 저들의 움직임으로 봐서는 당장 공격할 계획은 없는 것으로 보이옵니다."

쾅!

가경제가 팔걸이를 힘껏 내리쳤다.

"속단하지 마시오. 지금까지 조선군에 대한 군부의 분석이 맞아 들어간 것이 하나도 없었소. 그러니 앉아서 미뤄 짐작하지 말고 병력을 보내 조선군의 움직임을 직접 확인해서 보고 하시오."

가경제의 강력한 질책이었다.

영시위내대신은 청국 최고위 무관이다. 황제의 경호와 자금성 호위를 총괄하는 시위처의 수장인 그가 공식 석상에서 황제의 질책을 받은 경우는 이번이 처음이었다.

영시위내대신의 이마에 땀이 뱄다.

"황명을 받들어 거행하겠사옵니다."

영시위내대신이 급히 대전을 나갔다. 황제는 싸늘하게 바라보다가 입맛을 다시며 고개를 돌렸다.

❀

조선군은 바로 진격하지 않았다.

지금까지 수복한 북방 영토는 엄청났다. 이 영토를 먼저 안정시켜야 다음을 도모할 수 있다는 판단 때문이었다.

조선군은 장성 50리 지점을 경계로 삼았다. 그리고 3중으로 참호를 파고서 교통호로 연결했다.

주요 거점마다 본토에서 가져온 양회로 토치카도 구축했다. 이런 토치카에는 야포를 배치해 방어력을 대폭 증강했다.

방어선은 만리장성을 따라 구축되었다.

영원성과 금주성도 포로들에 의해 복구되었다. 조선군은 이 2성을 비롯한 주변 십여 개 성에 병력을 분산 배치했다.

세자는 수시로 현장을 찾았다.

이러한 독려 덕분에 방어선은 보름여 만에 완성할 수 있었다. 방어선이 완성되는 시점에 북방과 대륙과의 교통이 완전히 끊겼다.

세자는 정신없는 시간을 보냈다.

북방의 겨울은 혹독하다. 그런 겨울을 무사히 넘기기 위해서는 무엇보다 보급이 중요하다.

몽골 방면으로 올라간 기병군단과 3군의 보급에 세자는 신경을 썼다. 북방으로 올라간 기병군단은 삽시간에 장성 이북을 점령했으며 내몽골 일대도 휩쓸어 버렸다.

이러한 활약은 그 지역 대부분이 무주공산이었기 때문에 가능했다. 덕분에 북방 평정은 몽골 초원만 남게 되었으나 보급선은 그만큼 길어졌다.

다행히 두 병력이 가져간 보급품은 많았다. 그러나 전장에서 보급품은 아무리 많아도 부족하기 마련이었다.

세자는 방어선이 구축되자마자 대규모 보급부대를 편성했다. 그리고 영구항을 통해 보급된 각종 보급품을 기병사령부와 3군에 전달하게 했다.

이렇듯 바쁜 시간을 보내고 있을 무렵 본토에서 급보가 날아왔다. 그동안 뒤에서 조용한 보좌를 해 오던 비서실장 김기후가 급히 달려왔다.

"저하! 본토에서 급보이옵니다."

"무슨 일이 있는 겁니까?"

"환후 중이시던 왕대비 마마께서 안타깝게 승하하셨다고 하옵니다."

세자가 벌떡 일어났다.

"뭐라고요. 왕대비 마마께서 돌아가셨다고요? 언제 말입니까?"

"이달 10일이라고 하옵니다."

"아아!"

세자가 자리에 풀썩 주저앉았다. 이런 세자의 머릿속에서는 온갖 생각이 스쳐 지나갔다.

'내가 조선에 오면서 아바마마도 그렇지만 왕대비 마마께서도 수명이 늘어나셨다. 그래서 왕대비께서도 좀 더 장수하실 줄 알았는데, 결국 일 년을 더 넘기지 못하고 돌아가셨구나.'

세자는 만감이 교차했다.

왕대비 정순왕후는 여걸이었다.

정조가 승하한 후, 정순왕후는 나약한 순조를 대신해 수렴 청정을 했다. 그때 조정 대신들에게 충성 서약을 받았으며, 자칭 여주(女主)라 칭하며 조정 대사를 주도했다.

이러한 정순왕후로 인해 경주 김씨 세도정치가 시작되었 다. 그러나 정순왕후가 불과 3년 만에 수렴청정을 거두면서 경주 김씨도 실각한다.

이후 순조비의 간택 과정을 두고 치열한 당파 싸움이 전개 되었다. 정순왕후는 이런 상황에 놀라 다시 수렴청정을 재개 하려 했으나 명분과 상례에도 맞지 않아 실패하고 만다.

이후, 경주 김씨로 대변되는 벽파는 2년이란 짧은 시간에 몰락하게 된다. 이런 과정을 거치면서 안동 김씨 세도정치가 등장했고 결국 나라를 망치게 되는 화근이 되었다.

세자가 강건해지고 국왕이 건재하면서 이런 일은 아예 일 어나지 않았다. 왕대비는 세자를 지극히 총애했고 세자도 지 극정성 섬겼다.

그러다 역모 사건으로 왕대비 집안은 멸문 위기에 처했다. 세자는 해외 이주라는 묘안으로 살려 주었으며, 왕대비는 이 배려를 두고두고 고마워했다.

그런 왕대비가 결국 승하했다.

세자가 긴급회의를 소집했다.

"보고를 들어 아시겠지만 왕대비 마마께서 결국 승하하셨 습니다."

"백동수가 탄식했다.

"참으로 안타까운 일입니다. 천하의 여장부셨던 분도 세월을 이기지는 못하셨군요."

"그러게 말입니다."

총참모장이 나섰다.

"나라의 최고 어른이 유고되었사옵니다. 군중이어서 상복을 입지는 못하지만, 삼베로나마 팔에 띠를 둘러 예를 표시하고는 상례(喪禮)를 진행하겠습니다."

세자가 승인했다.

"그렇게 하세요. 그러나 지금은 나라의 명운이 걸린 전쟁 중이니만큼 너무 과한 예절은 곤란합니다. 그러한 과례는 승하하신 왕대비 마마께서도 결코 바라시지 않을 것입니다."

"하오면 어떻게 절차를 밟으면 되겠습니까?"

"무관들은 군신의 예로, 일반 병사들은 백성의 예로 간략히 진행하세요. 약식이어도 사흘 동안 음주가무를 철저하게 금지하도록 하시고요."

"최고 어른이 승하하셨는데 사흘은 너무 짧지 않겠사옵니까?"

세자가 딱 잘랐다.

"진중입니다. 더구나 적을 마주하고 있는 전시임을 감안하세요. 그리고 부족한 부분은 내가 한양에 내려가서 여러분을 대신해 예를 올리겠습니다."

왕대비의 국장이었다.

당연히 국본(國本)인 세자가 참석해야 한다. 그런데도 지휘관들의 표정에는 아쉬움이 가득했다.

세자가 의아해했다.

"왜 이런 표정들이시지요?"

백동수가 대답했다.

"저하께서 계시는 것만 해도 든든합니다. 문제가 될 때마다 혜안을 내주시어서 지금까지 승승장구할 수 있었고요. 그런 분이 자리를 비우신다고 하니 걱정이 되어서 그렇습니다."

이 말에 모든 지휘관이 동조했다.

세자가 고마워했다.

"감사한 말씀이네요. 그러나 전장에서 한 사람에게 너무 큰 힘이 쏠리면 결코 좋지 않습니다. 그래서 나도 되도록 의견을 내지 않으려 했는데 이렇게 되었네요. 그러나 이제라도 알았으니 그 부분은 달라져야 합니다. 앞으로 장성을 넘게 되면 각 지휘관이 순발력을 갖고 대처해야 할 일들이 널려 있습니다."

"명심하겠습니다."

세자가 당부했다.

"이런 일이 발생하면 참모들이 지휘관들을 잘 보필해야 합니다. 그러니 지금보다 더 노력을 기울여 주세요."

참모들이 일제히 고개를 숙였다.

"최선을 다하겠습니다."

세자가 백동수를 바라봤다.

"이번에 내려가면 장례 절차를 엄수해야 하니 아무래도 봄이 되어야 올라올 겁니다. 그동안 병력 운용을 잘 부탁드립니다."

"성려하지 마십시오. 참호도 장병들의 막사도 잘 준비되어 있습니다. 겨울이지만 이 지역은 그래도 내륙보다 덜 추워 훈련도 시행할 수 있고요. 그러니 겨울 동안 장병들의 훈련에 매진하며 대기하겠습니다."

"그렇게 해 주세요. 그리고 각 지역을 장악하고 있는 예비사단도 수시로 상황 파악에 주력해 주어야 합니다. 북방으로 올라간 기병사단과 3군은 말할 것도 없고요."

"명심하겠습니다."

세자가 자리에서 일어났다.

"그러면 나는 길이 바쁘니 이만 일어나도록 하겠습니다."

"길이 멉니다. 조심해서 내려가십시오."

세자가 지휘관들을 둘러봤다.

"겨울을 잘 넘기시고 건강하게 봄에 뵙도록 합시다."

"편히 잘 다녀오십시오."

인사를 마친 세자가 지휘관들과 함께 막사를 나왔다. 밖에는 이미 경호 병력이 대기하고 있었다.

세자가 자신의 말에 올랐다. 그리고 주변을 한 번 죽 둘러보고는 말고삐를 잡았다.

개혁군주

"가자!"

세자는 청국이 만들어 놓은 관도를 따라 이동했다. 세자 행렬은 말을 갈아타며 이틀 만에 요양에 도착해서는 하루를 쉬고 일찍 출발했다.

그런 행렬이 천산산맥 아래에 도착했다.

이원수가 손으로 한쪽을 가리켰다.

"저하! 저기를 보십시오. 도로공사가 저쪽으로 진행되고 있사옵니다."

세자가 바라보니 요양에서부터 새로운 도로가 개설되고 있었다. 도로를 포장하는 것이 아니어서 도로는 공사가 상당히 진척되어 있었다.

"가 봅시다."

"상황이 어떻게 될지 모르니 미리 통보를 하는 게 좋지 않겠사옵니까?"

"그렇게 하세요."

이원수가 무관을 호출해서는 지시했다. 지시를 받은 무관이 달려가자 세자가 말고삐를 잡았다.

"천천히 이동하며 살펴봅시다."

"예, 저하."

세자가 공사 현장으로 이동하고 얼마 지나지 않아 십여 명의 병력이 말을 타고 왔다.

"충! 어서 오십시오. 1군단 공병단장 대령 한상호입니다."

"반갑습니다, 한 대령."

세자가 손을 내밀었다. 그 손을 한상호가 감격하며 두 손으로 공손히 잡았다.

"1군단 공병단에서 공사를 관리하고 있었군요."

"그렇사옵니다. 52예비사단의 2개 연대가 전방과 후방에서 포로들을 관리하고 공사는 저희가 직접 관장하고 있습니다."

"공사 진척은 잘되어 가고 있습니까?"

"예상보다 빠르게 진행되고 있습니다."

"포로들의 반발이 있었을 터인데도 용케 잘 헤쳐 나가고 있네요."

한상호가 씁쓸한 표정을 지었다.

"몇 번의 우여곡절이 있었습니다. 한 번은 포로들의 반발이 심해 52사단장께서 직접 방문해서 수십여 명을 본보기로 총살하기도 했습니다."

세자의 안색이 흐려졌다.

"그런 일이 있었군요. 예상했지만 반발이 생각보다 심했나 보네요."

"패전의 충격을 쉽게 받아들이기 어려운 거 같습니다. 저들이 봤을 때 우리는 언제라도 무시해도 되는 존재에 불과했으니까요."

비서실장 김기후가 나섰다.

"반발하는 자들은 철퇴로 다스리셔야 하옵니다. 저들이 우리의 통제에 따르지 않은 건 우월 의식으로 가득 차서입니다. 연행을 다녀왔던 많은 사신이 저들의 거만함에 수없이 치를 떨었습니다."

세자가 한숨을 내쉬었다.

"후! 여러분이 같은 말씀을 하시더군요. 나도 유화정책은 당분간 옳지 않다고 생각해요. 그래서 강력한 통제를 시행할 생각을 하고는 있어요. 공포심만큼 통제하기 쉬운 방법은 없으니까요. 그러나 통제가 계속되면 공포심이 무뎌지면서 더 큰 반발이 일어날 수 있어서 걱정입니다."

김기후가 거듭 나섰다.

"그렇다고 해도 당분간은 강력하게 통제해야 합니다. 그러고 나서 유화정책을 펼치면 그게 얼마나 고마운지 알게 됩니다. 그러지 않고 유화책만 시행한다면 그게 곧 권리라고 생각하게 되어서 오히려 더 큰 문제가 발생하옵니다."

한상호도 적극 동조했다.

"옳은 지적입니다. 배려를 당연하다고 생각하게 되면 통제는 아주 어려워집니다."

세자가 침음하며 고개를 끄덕였다.

한상호의 설명이 계속되었다.

"처음에는 우리도 나름대로 온정을 베풀려고 했습니다. 그러나 그렇게 할수록 돌아오는 건 반발과 태업이었습니다.

그런 시행착오를 거치면서 지금은 철저하게 통제하고 있습니다. 그리고 지원자에 한해 우리글을 가르치고 있고요.”

세자가 놀랐다.

“우리글을 가르친다고요?”

“그렇사옵니다. 시행한 지 얼마 되지 않았지만 적극적으로 실시하고 있사옵니다.”

“아주 잘하고 있군요. 그런데 어떤 방식으로 시행하는 건가요?”

“혜택을 주는 방식입니다. 우리글을 배우는 자들은 점심을 제공하며 휴식도 줍니다. 그리고 수용도 분리하면서 업무 강도도 조절해 주고요.”

“호오! 그런 방법으로 교육하고 있다니 놀랍네요. 어떻게, 성과는 있나요?”

“상당하옵니다. 산악 지대를 뚫는 도로공사는 아무래도 험하고 거칩니다. 수시로 인명 사고가 발생하기도 하고요. 그래서 교육 유화정책이 더 큰 성과를 거두고 있사옵니다.”

“우리말만 가르치나요?”

“그렇지 않습니다. 기본적인 인성 교육도 함께 실시합니다. 그런데 만주족들이 한족과 달리 습득 능력이 더 뛰어납니다.”

“그런 이유가 있나요?”

“무엇보다 만주족의 어순이 우리와 같습니다. 더구나 비숫한 말도 더러 있어서 한족보다 월등하게 습득 능력이 높습니다."

"그렇군요."

세자가 공사 현장을 바라봤다.

"아무래도 직접 둘러보는 건 어렵겠지요?"

한상호가 펄쩍 뛰었다.

"송구하지만 절대 아니 되옵니다. 현장은 우리 병력이 실탄을 장전한 채 경비를 설 정도로 날이 서 있사옵니다. 가끔가다 도주하려는 자들이라도 나오면 즉결 처형하는 경우도 발생하고요. 그런 현장에 저하께서 나타나시면 무슨 일이 일어날지 모릅니다."

"으음!"

이원수도 만류했다.

"저하, 왕대비 마마의 국상을 치르러 귀환하시는 길입니다. 더구나 지금은 대업을 위한 전쟁 중인 시기에 공연히 분란을 일으키는 일은 삼가는 게 좋지 않겠사옵니까?"

세자가 바로 물러섰다.

"아쉽지만 어쩔 수 없지요. 도로는 완성되고 나서 찾도록 하지요."

"현명한 결정이십니다."

세자가 당부했다.

"기왕이면 우리말과 함께 우리 역사도 함께 가르치세요.

그리고 지금은 만주족으로 바뀐 여진과 우리와의 관계도 잘 설명하고요."

"그렇게 하겠습니다. 그리고 병자호란 당시 50만이 넘는 우리 조상이 당했던 모진 고난도 함께 알리겠습니다. 그래서 노역은 그에 대한 최소한의 배상이라는 생각도 주지시키겠습니다."

"좋은 생각이네요. 그렇게 하세요."

세자 일행이 산악 지대로 향했다.

산길의 초입인 냉천에서 잠시 휴식을 취한 세자 일행이 산을 타기 시작했다. 그런 산길은 몇 개월 전과 크게 달라져 있었다.

"오! 여기도 많이 넓어졌네요."

경호실장 이원수가 설명했다.

"보급을 위해 길을 대폭 확장했다고 합니다. 그래서 지금처럼 마차가 교행해도 될 정도가 되었고요."

"산지가 험해 고생이 많았겠네요."

"쉽지는 않았겠지만, 인사 사고가 났다는 보고는 받지 않았습니다."

"청석령과 마운령을 잇는 산길은 확장이 쉽지 않았을 터인데요."

"저도 거기에 대해서는 자세한 보고를 받지 못했습니다."

"가 보시지요. 길이 험해도 어떤 식으로든 확장을 했겠지요."

개혁군주

"예, 저하."

낭자산에서 점심을 먹었다.

다시 출발해 청석령에 도착하니 날이 저물어 갔다. 이원수가 세자에게 건의했다.

"저하! 속도를 조금 높여야 할 듯하옵니다. 이대로라면 첨수참 마을에 도착하기도 전에 날이 어두워질 거 같습니다."

"그렇게 하세요."

행렬의 이동속도가 높아졌다.

조선이 요동을 수복한 뒤로 청석령과 마운령에는 각각 소대 병력이 주둔하고 있었다. 세자는 바쁜 와중에도 빠트리지 않고 경비 병력을 위무했다.

그렇게 청석령을 지나 다시 이동하던 도중 이원수가 감탄사를 터트렸다.

"이야! 대단합니다. 이 고갯길이 이렇게 넓어졌을 줄 몰랐습니다. 이전에는 말이 혼자 지나기도 쉽지 않았는데, 지금은 마차가 지나도 될 정도로 넓어졌습니다."

"그러게 말이에요. 진작 이렇게 넓게 조성해 두었다면 요동이나 대륙과의 교류가 훨씬 쉬웠을 것인데, 아쉽네요."

"이걸 보면 명나라와 청나라가 일부러 길을 넓히지 않았다는 소문이 사실인 거 같습니다."

세자가 동조했다.

"그러게요. 산이 험해 길을 못 내는 줄 알았는데 그게 아니었어요. 이 실장의 말씀대로 명·청이 우리를 경계해서 일부러 길을 내지 않았어요."

"참으로 통탄할 노릇입니다. 그 바람에 우리 선조들은 수백 년간 이루 말할 수 없는 고생을 겪었고요."

※

다행히 해가 지기 전에 마을에 도착했다. 천수참에는 중대본부가 주둔하고 있었으며, 여기서 하루를 머문 세자 일행은 다음 날 산을 내려갔다.

연산관(連山關)에서 52예비사단장인 남인수가 참모들과 함께 기다리고 있었다.

"충! 어서 오십시오, 저하."

"남 장군이 기다리고 있었군요."

"예, 저하."

남인수가 몸을 돌려 도로공사 현장을 가리켰다.

"도로공사 현장을 둘러보다가 저하께서 오신다는 전갈을 받고 기다리고 있었습니다."

세자의 시선도 공사 현장으로 돌려졌다. 공사 현장에는 개미 떼처럼 포로들이 작업을 하고 있었다.

"공사 진척이 빠르네요. 맞은편의 공정도 상당히 진척이 빠르던데요."

"작업에 투입하는 포로가 많습니다. 덕분에 다리 공사와 지반 보강 공사 지역을 제외하고는 일차적인 정비는 대충 끝내는 중입니다."

"다리 공사할 곳이 많지요?"

"개천이 의외로 많습니다. 그리고 초하구(草河口) 지역은 늪 지여서 도로 침하 현상이 심해 기반 보강 공사가 필요한 상황입니다."

"시간이 걸리더라도 지반 보강 공사를 확실하고 튼튼하게 해야 합니다. 지난번에도 말씀드렸지만 도로 옆으로 엄청난 무게의 철마(鐵馬)가 통행하는 철도 노선을 부설해야 합니다."

"성려 마십시오. 주변 산의 암반을 깨서 철저하게 시공하겠습니다."

"남 장군만 믿겠습니다."

"가시지요. 소장이 압록강까지 모시겠습니다."

"그러지요."

남인수도 세자를 공사 현장 가까이로는 안내하지 않았다. 그래서 먼발치로 도로 현장을 둘러보며 압록강에 도착했다.

압록강에는 북벌 당시 부설해 놓은 부교가 그대로 있었다. 남인수가 압록강 부교에서 인사했다.

"충! 무사히 다녀오십시오, 저하."

"수고하세요."

남인수의 배웅을 받으며 강을 건넜다.

그렇게 본토로 넘어오니 의주부윤 조흥진이 상복을 입고 기다리고 있었다.

"어서 오십시오, 저하. 원로로 오느라 고생이 많으셨사옵니다."

"아닙니다. 나보다 부윤께서 뒷받침을 하느라 고생이 많았지요."

조흥진이 펄쩍 뛰었다.

"별말씀을 다 하십니다. 우리 군이 파죽지세로 고토를 수복하는데 같이 총칼을 들고 싸우지 못한 게 아쉽기만 합니다. 신도 그렇지만 조선의 모든 백성은 요즘 하루가 꿈만 같사옵니다."

"그렇다면 다행한 일이네요."

"가시지요, 저하. 온 백성이 저하의 귀환을 고대하고 있사옵니다."

세자가 우려했다.

"왕대비 마마의 상중입니다. 이러한 시기에 백성들이 환호라도 한다면 큰 불충이 되옵니다. 그 때문에 공연한 백성들이 고초를 겪을 수도 있고요."

"그 점은 조금도 성려하지 마십시오. 혹시 그런 일이 일어날 거 같아서 의주대로 연변에는 백성들이 모여들지 않도록 미리 조치해 두었사옵니다."

세자가 안도했다.

"그렇다면 다행이네요."

"신이 평양까지 모실 것이옵니다. 평양부터는 평안감사께서 저하를 모실 것이고요."

"알겠습니다."

세자 일행이 드디어 본토로 이동했다. 의주 읍내로 접어들자마자 공기가 대번에 바뀐 것이 느껴졌다.

이원수가 어리둥절했다.

"저하, 의주 분위기가 이전과는 판이하게 바뀐 거 같사옵니다."

조홍진이 설명했다.

"우리 군이 연전연승하고 있다는 소식이 거의 매일 전해졌고요. 그런 낭보가 전해질 때마다 의주 전체가 환호로 난리가 났었습니다. 아마도 조선 팔도 삼백 고을이 모두 이러했을 것이옵니다. 왕대비 마마께서 승하하지 않았다면 저하의 귀환 길은 대단했을 것이옵니다."

이원수의 목소리가 높아졌다.

"그래서 의주 분위기가 이토록 후끈한 것이군요."

"그렇습니다. 상중이어서 집 밖을 나오지 못하고 있지만, 저기를 보십시오. 백성들이 하나같이 담장에 붙어서 저하를 뵙고 있지 않사옵니까?"

그의 설명대로 집집마다 몇 사람의 머리가 담장 위로 올라와 있었다. 세자는 그런 백성들을 보며 고개를 끄덕이다 전방이 닫힌 것을 보며 놀랐다.

"일부러 전방까지 닫게 한 것입니까?"

"그렇습니다. 혹여 발생할 불상사를 위해 잠시 가게 문을 닫게 했사옵니다."

"이런! 백성들이 곤란하면 안 되지요. 서둘러 고을을 벗어나도록 합시다."

세자가 말고삐를 잡자 이원수가 소리쳤다.

"백성들의 고단함을 덜기 위해 저하께서 서두르라신다! 그러니 모두 속도를 높이도록 하라!"

세자 행렬의 속도가 배가되었다.

담장의 백성들은 놀라 고개를 빼 들었다. 그러다 사정을 알게 되자 세자 행렬을 바라보며 수없이 절을 했다.

❀

조선은 수운이 발달한 나라다.

그래서 모든 강은 물류를 위해 늘 여러 배들이 왕래하고 있다. 이런 까닭으로 압록강 부교는 해체하지 않았지만 다른 강의 부교는 모두 철거되어 있었다.

개혁군주

의주에서 내려오면 대령강과 청천강을 연이어 건너야 한다. 그런 2강을 작은 배로 건너며 세자가 아쉬워했다.

"하루빨리 토목 기술이 발전해 이런 강에도 다리를 놓아야 해요. 그래야 북방 통치가 훨씬 원활해질 수 있어요."

비서실장의 눈이 더없이 커졌다.

"저하! 이 넓은 강에 어떻게 다리를 놓을 수 있단 말씀입니까?"

"토목 기술이 발달하면 충분히 가능합니다."

세자가 설명했다.

"우리가 생산하는 양회의 품질은 최상이에요. 그런 양회에 모래와 자갈을 적절히 섞으며 강도가 월등히 높아지지요. 그런 배합물에 철근을 엮어서 가설하면 최고의 교각이 완성되지요. 그런 교각 위를 다시 양회 배합물이나 철재를 사용해 상판을 얹으면 되어요. 그런 기술력이 없으면 임시로 목재를 얹어만 놓아도 수십 년은 너끈히 사용할 수 있지요."

김기후가 고개를 저었다.

"정말 대단하옵니다. 신이 저하를 모신 지 2년여가 되었지만 이런 말씀을 하는 저하를 뵐 때면 이 세상 분이 아닌 것처럼 느껴집니다."

이원수도 동조했다.

"김 실장님도 그런 느낌을 받았군요. 저는 이미 오래전부터 그런 생각을 하고는 했습니다."

"이 실장께서는 저하를 오래 모셨으니 그런 경험을 많이 하셨겠네요."

"예, 맞습니다. 처음 저하를 모셨을 때부터 경이의 연속이 었습니다. 그러다 보니 이제는 웬만한 일에는 별로 놀라지도 않습니다."

"그렇군요. 그러면 철교나 철도, 그리고 철마에 대해서도 알고 계셨습니까?"

"물론입니다. 우리 조선에 제철소가 들어설 때부터 저하 께서는 그런 계획을 세워 두고 계셨습니다. 우리 조선을 사 통팔달할 수 있는 도로를 건설하고, 제철 기술이 발달하면 철도 부설하시겠다고요. 그러기 위해서는 반드시 교량 건 설에 필요한 토목 기술이 발전해야 한다고 하셨지요."

"아아! 그랬군요. 저하께서는 이미 오래전부터 그런 계획 을 세워 두셨군요."

세자가 미소 지으며 말을 이었다.

"지금 당장은 어렵지만 몇 년 내로 작은 철교가 전국 도처 에서 지어지기 시작할 겁니다. 아울러 양회로 만든 다리도 요. 그렇게 교량 건설 기술이 축적되면 이런 강에도 다리가 부설될 때가 올 거예요."

김기후가 기대감을 나타냈다.

"그런 때가 빨리 왔으면 좋겠습니다."

"예, 노력해야지요. 그래서 한강에도 다리를 부설해, 아바마마께서 편하게 화성으로 능행을 다녀오실 수 있게 만들 겁니다. 아울러 우리 백성들도 쉽고 편하게 이용하게 될 거고요."

"그리되면 나라의 발전이 배가되겠습니다."

"물론이지요."

세자는 평양까지 내려오는 동안 두 사람과 많은 대화를 나눴다. 덕분에 하루가 넘는 여정이 지겹지가 않았다.

평안감사 조득영이 세자를 영접하기 위해 보통문 앞까지 나와 있었다. 그런 조득영과 반갑게 해후하고는 감영 객관에서 여장을 풀었다.

그리고 사흘 후.

세자가 창덕궁에 도착했다.

창덕궁에 도착한 세자는 왕대비의 시신이 모셔져 있는 빈전을 찾았다. 거기서 한동안 곡을 하고 상복으로 갈아입은 세자가 편전으로 넘어갔다.

이완의 꿈

편전에는 조정대신 대부분이 들어와 있었다.

세자가 국왕에게 큰절을 했다. 국왕은 그런 세자를 보며 흐뭇한 표정으로 연신 고개를 끄덕였다.

"아바마마, 소자 오랜만에 문후 여쭈옵니다. 그간 별래무양 하셨사옵니까?"

"아비는 잘 있었다. 그보다 먼 길을 오느라 고생이 많았다."

"아니옵니다."

"왕대비 마마의 빈전에는 인사를 올렸느냐?"

"예, 먼저 찾아뵙고 인사드렸사옵니다."

"잘했다. 사람이 지켜야 할 도리 중 효가 으뜸이다. 그러니 너는 왕대비 마마의 국상에 조금도 소홀함이 없어야 할 것이다."

"명심하겠사옵니다."

영의정 이병모가 나섰다.

"영명하신 저하께서는 상례를 치르는 데 있어서 조금의 소홀함도 없으실 것이옵니다."

그러자 몇 명의 대신들이 여기에 동조했다.

국왕의 용안에서 절로 미소가 피어났다.

"허허허! 고마운 말씀이오."

세자도 몸을 낮췄다.

"조정 중신과 백성들에게 부끄럽지 않도록 처신하겠사옵니다."

"아암! 그래야지. 그건 그렇고, 전장의 상황을 듣고 싶구나. 이번에 난공불락으로 소문났던 영원성을 불과 닷새 만에 평정했다는 보고를 받았다. 지금까지의 과정이 어떻게 진행되었는지 자세한 사정을 직접 듣고 싶구나."

"설명드리겠사옵니다."

세자의 설명이 시작되었다.

압록강 도강부터 시작된 설명은 영원성 전투까지 꽤 오랜 시간 이어졌다. 세자는 그동안의 과정을 비교적 상세하고 맥을 짚어 가며 설명했다.

국왕과 대신들은 그동안 전령을 통한 보고만을 받아 왔다. 그런 국왕과 대신들은 세자의 설명을 들으면서 연신 감탄하

개혁군주

고 또 기뻐했다.

공성전에 관한 설명을 들을 때는 저마다 손을 불끈 쥐어가며 긴장했다. 특히 기병대 격돌이 벌어진 심양 전투 설명에서는 연신 탄성이 터져 나왔다.

"……우리 병력은 지금 산해관의 50리까지 진격했습니다. 그리고 방어선을 구축하고는 1군과 2군 병력을 요서의 주요 성들에 배치했습니다. 그리고 기병군단과 3군은 북방으로 올라가……까지 평정을 한 상황입니다."

설명이 끝나자 편전 곳곳에서 감탄사가 터졌다.

국왕도 기쁜 기색을 조금도 숨기지 않았다.

"장하구나. 조선의 장병들이 그토록 호호탕탕 파죽지세로 북방을 평정하였다니. 열성조께서 이런 소식을 들으시면 지하에서도 두 팔을 벌려 덩실덩실 춤을 추실 것이다."

좌의정 이시수가 나섰다.

"세자 저하의 용병술이 놀랍사옵니다. 그토록 드넓은 북방을 평정했음에도 인명 피해가 이렇게 적게 나온 건 모두 저하의 공이시옵니다."

세자가 고개를 저었다.

"아닙니다. 모든 성과는 지휘관들과 장병들의 노고 덕분입니다."

"그래도 저하께서 저술하신 새로운 전술 교범이 있었기에 가능한 일입니다. 신이 보기에 저하께서 저술한 전술 교범은 그 어떤 병법서보다 뛰어나옵니다."

영의정 이병모도 거들었다.

"옳은 지적입니다. 병법은 결과가 말을 해 줍니다. 지금까지 어떤 병법서도 이번과 같은 탁월한 전과를 거두게 한 적이 없습니다."

세자가 몸을 낮췄다.

"감사한 말씀입니다. 하오나 아직 대업이 완성된 것이 아니옵니다. 그러니 칭찬은 모든 대업이 끝나고 듣겠사옵니다."

이병모가 흔쾌히 받아들였다.

"예, 그렇게 하십시오. 부디 모든 대업이 지금처럼 잘 진행되었으면 하옵니다."

"그렇게 되도록 최선을 다하겠습니다."

국왕이 나섰다.

"북벌은 내년 봄에 재개할 계획이더냐?"

"지금의 계획은 그렇습니다."

국왕이 갸웃했다.

"대답이 어째 이상하구나. 혹여 무슨 문제가 있는 것이더냐?"

"다른 문제는 없는데, 한족과 만주족의 반발이 의외로 심한 게 걱정이옵니다."

국왕의 용안이 바로 흐려졌다.

"음! 역시 그게 문제였구나."

이때부터 대신들의 의견이 분분했다.

개혁군주

대신들의 의견은 강력한 대처로 모였다. 국왕도 이들의 의견에 적극적인 지지를 보였다.

"조정의 중의가 이러하니 처음에는 강력하게 대처하는 게 좋겠다. 하지만 일방적인 압박은 큰 반발을 불러일으킬 수가 있으니 수위는 적절히 조절하는 게 좋을 듯하구나."

"명심하겠사옵니다."

"다음 공격은 언제부터 시작할 생각이냐? 북방 지역의 민심 안정을 위한 시간이 필요하겠지?"

세자가 고개를 저었다.

"시간을 끈다고 해서 결과가 꼭 좋은 것만은 아니옵니다. 소자는 내년 봄 땅이 굳어지기 직전 대대적인 공격을 시작하려고 합니다."

국왕이 놀랐다.

"땅이 굳어지기 전에 공격한다고? 그게 가능한 일이더냐?"

"적의 방심을 최대한 활용하기 위해서는 그때가 가장 적기라고 생각했사옵니다."

"여명 전의 어둠이 가장 짙다. 땅이 굳기 직전이라면 그와 비슷한 시기이니 그때를 노리자는 말이구나."

"예, 아바마마. 작전이 성공하기 위해서는 적의 방심과 빈틈을 노리는 게 최상입니다. 그래서 그 첫 번째로 시기를 그때로 정했으며, 두 번째로는 저들이 예상 못 한 상륙작전을 택한 것이옵니다."

국왕이 윤허했다.

"군에 관한 문제는 일체 일임을 했으니 네가 알아서 잘 판단하도록 해라."

"황감하옵니다."

"그리고 다른 문제는 없느냐?"

"만주 지역에 대한 대대적인 유적과 유물 조사를 시행하려고 합니다. 이를 위해 전국 대학들의 해당 학과에 협조를 구할 생각이고요."

이 사안은 이전부터 논의를 마쳤었다. 그래서 세자가 관련된 발언을 하자 국왕이 즉각 윤허했다.

"좋은 생각이다. 우선적으로 고구려 유적에 대한 조사를 해야겠지?"

"그렇사옵니다. 고구려의 왕릉과 유적, 그리고 발해와 부여 유적에 대한 발굴과 조사를 병행할 예정입니다. 아울러 전국적으로 역사서도 대대적으로 수집할 계획이고요."

"그렇게 하라. 고토 수복도 중요하지만 제대로 된 역사를 찾는 일도 더없이 중요한 일이다."

"황감하옵니다. 우리는 지금까지 자주적인 역사 인식이 많이 부족했습니다. 그로 인해 왜곡된 사상은 지나친 사대모화로 발전하게 되었고요."

사대모화라는 말이 나오자 모두의 얼굴이 붉어졌다. 이는 국왕도 마찬가지여서 붉어진 용안으로 변명하듯 입을 열었다.

개혁군주

"너의 지적이 통렬하구나. 과인도 한때 그런 사상에 젖어 있었다. 그러나 몇 년 전부터 과인뿐이 아니라 모든 유생의 생각이 크게 변했다. 그렇게 된 데에는 네가 추진하는 개혁이 결정적인 영향을 끼쳤다."

영의정 이병모도 거들었다.

"그렇사옵니다. 우리 조선은 국초를 제외하면 늘 대륙에 의지하려고 했습니다. 그 바람에 진정한 자주 국가로서의 위상을 세우지 못해 왔고요. 허나 지금은 달라져서 누구도 대륙 왕조를 상국으로 여기지 않사옵니다. 물론 편협한 생각을 버리지 못하는 일부 유생들도 아직은 있습니다. 허나 이들도 대업이 완수되고 고토가 수복되면 자신들의 생각이 잘못되었다는 사실을 알게 될 것입니다."

많은 대신이 적극 동조했다.

조선은 개혁이 시작되면서 격렬한 정체성 논쟁이 벌어져 왔다. 그런 논쟁을 거치면서 주체성을 강조하는 사조가 주류가 되었지만 아직까지 구태를 벗지 못한 부류도 꽤 많았다.

국왕도 적극 동조했다.

"시간문제일 뿐이다. 우리 조선이 북벌이 완성되면 최강국으로 우뚝 서게 될 것이다. 그러면 미몽을 벗어나지 못한 자들도 절로 자신들의 잘못을 깨닫게 되는 날이 올 것이다."

국왕의 자신감에 중신들도 적극 동조했다.

그런 분위기에 편승해 세자가 제안했다.

"역사를 바로잡기 위해서는 역사서부터 손봐야 하옵니다. 그러기 위해서는 삼국사기부터 바로잡아야 하고요."

국왕이 큰 관심을 보였다.

"삼국사기의 오류를 바로잡자는 말이냐?"

"예, 아바마마."

"허허! 삼국사기는 우리 역사의 고전이나 마찬가지다 그런 역사서를 수정하겠다는 생각을 하다니 놀랍구나."

"아무리 고전이라도 잘못된 부분이 있으면 바로잡아야 합니다."

"그건 그렇다."

세자가 설명했다.

"삼국사기를 편찬할 당시 김부식과 편찬자들은 사대모화 사관에 입각해 저술했사옵니다. 그 바람에 우리 고유의 역사는 삭제되거나 오염되었으며, 지명에 대해서도 수많은 오류를 범했습니다. 특히 대륙에 존재하는 지명을 억지로 우리 본토에 끼워 맞추거나 대거 누락시켰습니다. 그로 인해 삼국의 영토가 반도에 한정하는 문제를 낳게 되었고요. 결정적으로 가야의 역사를 누락시켰습니다. 만일 당시 사서를 편찬할 때 가야 역사를 본편에 넣었다면 사서는 제목부터 달라졌어야 합니다."

국왕이 크게 고개를 끄덕였다.

"그 말이 맞다. 가야는 비록 작은 나라였지만 육백여 년의

유구한 역사가 있다. 이런 가야를 사서에서 배제한 것은 역사적으로 너무나 큰 오류이며 실수다."

"그러하옵니다. 그리고 고구려의 자리에 들어섰던 발해에 대한 역사 정립도 문제입니다. 우리는 지금까지 통일신라 시대라고만 칭해 왔습니다. 그러나 발해는 고구려의 뒤를 이어 북방에서 200년 이상을 존재해 온 우리의 대국입니다. 이런 나라를 우리 역사에서는 너무도 소홀히 다루고 있사옵니다. 그러니 발해가 존재했던 시대도 남북국시대라고 정의해야 하지 않겠사옵니까?"

편전 곳곳에서 탄성이 터져 나왔다. 특히 국왕은 팔걸이를 치면서 안타까워했다.

"아아! 너의 지적이 맞다. 고구려의 후신인 발해도 당연한 우리의 역사다. 그런데 우리가 발해의 역사에 대해 지금까지 등한시해 왔다."

"다행히 30여 년 전에 기술개발청장인 유득공 청장이 발해 역사를 정리해 '발해고'를 발간했습니다. 그 발해고의 서문에 유 청장은 고려의 국력이 쇠약해진 것은 고려가 발해 역사를 짓지 않았기 때문이라고 단정했습니다. 그 말은 고려가 북방의 역사를 잊어버렸기 때문에 소국으로 전락했다는 의미입니다."

국왕도 발해고를 읽었다.

"맞다. 발해고의 서문에 고려가 끝내 발해 역사를 쓰지 않아 북방 영토를 잃어버렸다고 했다. 아울러 고려가 소국으로 전락한 까닭은 우리 고토인 발해 땅을 되찾지 못했기 때문이라며 아쉬워했다."

"그렇사옵니다. 우리 조선이 지금까지 웅비하지 못한 까닭도 기마민족의 기상을 잃어버렸기 때문입니다. 만일 국초에 갖고 있던 그 기상만 유지했더라도 우리는 두 번의 큰 환란을 겪지 않았을 것이옵니다."

이 부분은 과거에도 몇 번이나 거론되었던 문제였다. 이전에도 다수의 중신이 동조했으나, 반대하는 의견도 의외로 꽤 있었다.

그런데 이번에는 달랐다.

조선 역사에서 국왕이나 세자가 전쟁을 진두지휘한 적은 한 번도 없었다. 그런데 처음으로 세자가 직접 나서서 장성 이북을 수복했다.

그것도 부족해 몽골 초원을 평정하고 만리장성을 넘으려 하고 있었다. 이러한 대업을 이룩하고 추진하고 있는 세자의 발언에는 이전보다 훨씬 더 힘이 실렸다.

대신들도 크게 달라졌다.

이들도 역사가 주체적으로 바뀌어야 할 시기라는 점을 자각하고 있었다. 덕분에 많은 논의가 오갔으며, 그 대부분이 역사 정리에 대해서였다.

대신들이 열띤 논의가 이어지고 있을 때 세자는 양해를 구하고 편전을 나섰다. 그런 세자는 혜경궁께서 머물고 있는 전각으로 올라갔다.

전각에는 왕비와 수빈 박 씨도 있었다.

세자가 차례로 인사를 올렸다.

"할마마마. 소손, 인사가 늦어서 송구하옵니다."

혜경궁 홍씨가 급히 손을 저었다.

"무슨 말씀을 그리하시오? 세자가 지금까지 무슨 일을 하고 왔는지 모르는 사람이 어디 있다고 그러시오? 그나저나 어디 다친 곳은 없소?"

"예. 소손, 건강하게 잘 다녀왔습니다."

세자가 왕비와 생모와도 해후했다.

이어서 편전에서와 같이 그동안 경과를 상세하게 설명해 주었다. 늘 대궐에만 있어야 하는 세 사람은 세자의 설명에 더 격하게 반응했다.

이렇게 웃전에게 인사를 하고서야 동궁을 찾을 수 있었다. 세자를 본 세자빈 김 씨가 눈물부터 흘렸다.

"저하!"

세자가 세자빈의 손을 잡으며 다독였다.

"세자빈, 그동안 고생이 많았지요?"

"아니옵니다. 신첩은 웃전 어른들의 보살핌 덕분에 잘 지냈사옵니다. 그보다 저하께서 거친 북방에서 얼마나 노고가 크셨사옵니까?"

세자빈은 말을 하는 도중 울먹이다 결국은 눈물을 펑펑 흘렸다. 그런 세자빈의 모습에 세자는 난감했다.

"부인, 그만하세요. 내가 이렇게 무탈하게 돌아왔잖아요."

세자빈이 급히 울음을 멈추었다.

"송구하옵니다. 신첩이 그만……."

세자가 세자빈의 말을 멈추게 했다. 그러고는 그녀를 당겨서 보듬어 안았다.

"아! 저하."

"혼자서 웃전을 모시느라 고생이 많았어요. 그러나 전쟁에 직접 참여한 50만의 장병을 생각해 보세요. 장차 국모가 되실 세자빈께서 나약한 모습을 보이면 백성들이 많이 실망할 것입니다."

"……송구합니다, 저하."

"아니에요. 내가 세자빈의 마음을 어찌 모르겠습니까?"

세자는 한동안 세자빈을 다독였다

그러던 세자가 궁금해했다.

"그런데 세손은 어디 있지요?"

왕실에서 세자의 후손이 탄생하면 먼저 원손으로 지정한다. 그리고 적당한 때를 봐서 다시 세손으로 책봉하는 절차를 밟는다.

그러나 이번에는 파격이 벌어졌다.

국왕은 원손이 백일을 넘기자마자 세손으로 책봉했다. 북벌을 앞두고서 특단을 내렸으며, 덕분에 세자는 마음 편히 원정에 나설 수 있었다.

세자빈이 급히 자세를 바로 했다.

"유모, 세손을 데리고 오세요."

세자빈의 명에 대기하고 있던 유모가 세손을 안고 들어왔다. 세자가 두 팔을 벌려 세손을 안았다.

"호오! 석 달 만에 제법 자랐구나."

세자빈이 자랑했다.

"예. 요즘 뒤집기도 하고 배밀이도 한답니다."

"오! 그래요?"

세자가 세손을 조심스럽게 눕혔다. 그러자 두 팔을 버둥대던 세손이 바로 몸을 뒤집었다.

"하하하! 이런! 우리 세손이 아주 잘하는구나."

세자는 연신 세손을 뒤집었고, 세손은 몇 번 버둥대다 몸을 뒤집었다. 그 모습이 예뻐 세자도 세자빈도 연신 환하게 웃었다.

그러던 세손이 갑자기 인상을 썼다. 그러자 유모가 다가와 조심스럽게 세손을 안았다.

"아기씨께서 변을 보시려나 보옵니다."

그렇게 세손을 받은 유모는 능숙하게 세손의 기저귀를 갈아 주었다. 그러고는 공손히 다시 뉘어 놓으며 물러났다.

세자가 세손을 안아 들었다. 그러다 세자와 눈이 마주친 세손이 까르르 웃었다.

"오! 이제는 눈을 마주치면 웃네요."

"예, 요즘은 말귀도 제법 알아듣는답니다."

"하하! 그거, 참!"

세자는 세손을 보면서 이전 시대를 떠올렸다. 그런데 잘 놀던 세손이 갑자기 울음을 터트렸다.

"으앙!"

세자빈이 얼른 세손을 받았다. 그리고 몇 번 어르자 이내 까르르 웃음을 터트렸다.

그런 세손을 바라보던 세자는 문득 지난 시절이 떠올랐다.

세자는 갑자기 세손에게 미안했다.

'그래. 이제는 잊어야 할 일이다. 과거의 인연을 되새겨서 무엇 하겠어. 나에게 가족은 모두 여기에 있는데……'

세자가 세손의 손을 잡았다.

세손은 작은 손으로 세자의 손가락 하나를 잡으며 까르르 웃었다. 그런 세자의 맑은 웃음소리에 모든 사람의 입가에 미소가 지어졌다.

❀

왕대비의 국상으로 세자는 한동안 빈전을 지켜야 했다. 그러다 해가 바뀐 2월 20일 발인을 했으며 장례를 치렀다. 왕대비가 묻힌 장소는 영조의 능인 원릉(元陵)에 쌍분으로 조성했다.

그런 뒤 신주를 명정전(明政殿)에 모셨다.

이날 저녁.

국왕이 세자를 불렀다.

"그동안 고생 많았다."

"아니옵니다. 삼년상을 제대로 치르지 못해서 그저 송구할 따름이옵니다."

국왕이 한숨을 내쉬었다.

"후! 어쩔 수 없다. 대업을 위한 전쟁 중이니 상례를 간단히 할 수밖에 없구나. 왕대비 마마께서도 이러한 어려움을 헤아려서 돌아가시기 전에 미리 백일 탈상을 하라는 언문 교지를 내리셨다."

"참으로 영명하신 분이셨습니다."

"그래, 걸출한 인물이셨지."

두 사람은 잠시 왕대비를 회상했다.

그러던 국왕이 먼저 입을 열었다.

"언제 올라갈 생각이더냐?"

"늦어도 3월 초에는 올라가려고 합니다."

"그렇게 일찍 올라갈 필요가 있느냐? 북방에 땅이 굳어지는 시기는 대략 4월 하순이 아니더냐?"

"그렇기는 합니다. 그러나 곧 시작될 마지막 전쟁을 위해 준비할 사안이 많사옵니다."

국왕도 인정했다.

"그렇다면 어쩔 수 없지. 그런데 이번에 바닷길을 이용해 올라간다고?"

"예. 수군의 훈련 상황을 점검할 겸 해서, 여의도에서 영구로 올라가려고 하옵니다."

국왕이 걱정했다.

"바다는 위험하지 않겠느냐?"

"성려하지 않으셔도 되옵니다. 우리 수군의 항해 능력은 이제 발군이옵니다. 그리고 소자가 이용하게 될 항로는 군수품 보급을 위해 거의 매일 보급선이 왕복을 하고 있는 상황이고요."

국왕이 문제를 지적했다.

"그나저나 청국이 겨우내 잠잠한 게 의외로구나. 보고에 따르면 장성 주변에 집결한 병력이 칠팔십만이나 된다고 하던데 도발이 전혀 없는 게 이상하구나?"

"병력이 많다고는 하지만 전부가 오합지졸입니다. 아마도 그래서 쉽게 도발하지 못했을 겁니다."

"그렇다고 해도 칠팔십만은 결코 적은 숫자가 아니다."

세자가 설명했다.

"병력이 아무리 많다고 해도 화력의 절대 열세는 쉽게 극복할 성질이 아니옵니다. 워낙 급조한 병력이어서 창칼 보급도 겨우 마칠 수 있었다고 합니다. 그런 상황에서 조총이나 대포와 같은 화기 보급은 언감생심이었고요."

국왕이 안심한 표정을 지었다.

"맞아. 청국 내전이 벌어진 지 10년이 넘은 상황이다. 그 동안 청국이 쏟아부은 전비만 해도 무지막지할 거라서 화기 보급하기가 쉽지 않을 게다."

"거기다 강남 전역이 전장으로 확대되었습니다. 그로 인 해 청국의 세원 확보는 더 어려워졌고요. 그나마 아직은 광 주와 소주, 항주가 백련교에 넘어가지 않아 버티고 있을 것 입니다."

"그런 상황임에도 상해와 광주에서의 교역이 막힘없이 진 행되는지 놀랍구나."

"그게 외교와 상업의 힘입니다. 아마도 백련교가 나라를 건 국할 계획이 없었다면 광주와 상해부터 파괴했을 것입니다."

"아! 서양 세력이 내전에 끼어드는 걸 양측이 다 꺼린다는 말이구나."

"그러하옵니다. 그리고 새로 창설하게 될 백련교는 자신 들의 수익 원천이 될 두 지역을 적극 보호할 필요가 있습니 다. 그러한 조언을 우리가 적극적으로 해서 받아들였고요."

"그런 일이 있었구나."

"예. 그러나 이제는 전쟁이 막바지인 상황이어서 백련교 도 곧 광주를 공략해야 합니다. 상해는 금년 초 우리가 선제적으로 폐쇄를 해서 문제가 없고요."

"백련교가 광주를 접수하면 청국의 목줄을 완전히 끊어지겠구나."

"그렇습니다. 백련은 공격전에 미리 통보하게 되어 있습니다. 그러면 우리가 적극적인 도움을 준다고 약속했고요."

국왕이 크게 고개를 끄덕였다.

"역시 우리 세자로구나. 그런 준비까지 차곡차곡 해 두었어."

"우리가 그동안 백련교에 지원한 게 상당히 많습니다. 군수품 지원을 하며 대금을 받지 못한 부분도 상당히 많고요."

"하긴. 백련교가 아무리 열성 교도들의 헌금으로 넘쳐 난다지만 10년이다. 강남 상인들이 도움을 준다고 해도 10년 전쟁은 결코 쉽지가 않지."

"옳으신 말씀입니다. 지난해부터 백련교의 전비가 급격히 부족해졌습니다. 그래서 그들이 사용하는 전시 소모품과 통조림을 비롯한 군수품 대부분을 차관 형태로 상무사가 지원하고 있는 상황입니다."

"백련교의 입장에서도 하루빨리 전쟁이 끝나는 게 좋겠지. 그러지 않고 전쟁이 너무 지속된다면 나중에 건국을 하고도 큰 문제가 될 수 있어."

"그렇습니다. 이번에 진행될 우리의 군사작전에 맞춰 대대적인 공세를 준비하고 있사옵니다. 그래서 우리도 거기에 맞춰 보급품을 최대로 보내 주고 있고요."

개혁군주

국왕이 크게 고개를 끄덕였다.

"잘했다. 위와 아래에서 동시에 공격한다면 청국으로선 더 이상 버티기가 쉽지 않을 거다."

"소자도 그렇게 생각하고 있사옵니다."

"그런데 네가 추진하고 있는 상륙작전의 이름이 특이하더구나?"

세자가 싱긋이 웃었다.

"아! '이완의 꿈'이라고 지은 작전명을 말씀하시는 겁니까?"

"그래. 많은 이름이 있는데 하필이면 이완의 꿈이라고 지은 이유가 있느냐?"

"이완 장군은 효종대왕 시절 북벌을 강력하게 추진했던 분이옵니다."

국왕도 잘 알고 있는 사실이었다.

"그 점이야 나도 잘 알고 있지. 아니, 그런 사실을 모르는 조선 사람이 어디 있겠느냐?"

세자도 인정했다.

"맞는 말씀이옵니다. 그런데 그런 이완 장군의 전기를 살펴보다가 놀란 부분이 상륙작전을 계획했다는 점이었습니다."

이점은 국왕도 모르는 부분이었다.

"오! 그런 일이 있었어?"

"예. 당시 청국의 팔기 병력의 군사력은 최고였던 시대입니다. 이완 장군은 만주에 있던 팔기 병력을 상대하려면 이긴다 해도 엄청난 손실을 각오해야 한다는 문제를 인식했습니다. 그렇게 병력 손실이 커지면 이겨도 북벌에 실패할 수 있다는 생각을 했다고 하옵니다. 그래서 적의 심장을 먼저 치자는 생각에 상륙작전을 기획했다고 합니다."

"충분히 가능한 일이다. 헌데 수군 양성이 결코 말처럼 쉬운 일이 아니지 않느냐?"

"바로 그 점이 문제였습니다. 이완 장군은 수군 육성이 육군 육성보다 월등히 어렵다는 사실을 알게 되면서 많은 고심을 했다고 합니다."

"그랬을 게다. 당시의 국력으로 대규모 수군을 육성하는 일이 결코 쉽지 않았을 게다."

"예. 그래서 효종대왕께서 승하하시면서 그 뜻을 접어야 했고요. 그런데 우리는 화란양행의 도움으로 최고의 수군을 양성할 수 있었습니다. 몇 번의 크고 작은 해전에서 전부 승리할 정도로 전투력도 충분하고요. 그런 우리 수군은 10만 병력의 상륙작전 정도는 능히 감당할 정도가 됩니다."

엄청난 규모에 국왕이 놀랐다.

연랑

세자의 설명이 이어졌다.

"우리 육군은 지금 만리장성까지 진격한 상황입니다. 그런 육군과 마주하고 있는 청국은 우리 주공을 육군으로 생각할 수밖에 없습니다. 이러한 시기에 진황도로 10만 병력이 상륙한다면 적의 허를 완전히 찌를 수 있을 것이옵니다."

국왕의 목소리가 침중해졌다.

"그 많은 병력을 상륙하려면 엄청난 숫자의 함정이 필요할 것이다. 그런 함정 동원에는 문제가 없느냐?"

"물론이옵니다. 이번 작전을 위해 상무사가 보유한 대형 수송선도 수십 척 동원됩니다. 함정 수급은 조금도 염려하지 않으셔도 되옵니다."

"우리 역사 이래 10만 병력이 상륙한 경우는 없었다. 솔직히 과인은 그 점이 무척 두렵고 걱정이 되는구나."

"육군이 지난 몇 년간 밤낮으로 훈련을 받는 동안 수군도 무수한 상륙 훈련을 해 왔습니다. 그런 선봉에는 해병대 3만 병력이 있고요. 거기에 7만의 육군이 합류하는 터여서 작전은 분명 성공할 것이옵니다."

국왕이 고개를 끄덕였다.

"지금까지 잘 해 온 너에게 이런 걱정을 해 봐야 아무 필요는 없겠지. 그러나 사전에 세워 둔 작전도 시행 이전에 검수하고 또 검수해야 한다."

"명심하겠사옵니다. 그보다 아바마마께 건의드리고 싶은 사안이 있사옵니다."

"말해 봐라. 아비가 들어줄 사안이라면 무엇이든 들어주마."

"계획대로만 된다면 대업은 금년을 넘기지 않을 것이옵니다. 소자는 대업이 완성되는 때를 즈음해 아바마마께서 제위에 오르셨으면 하옵니다."

이미 예상했던 사안이었다. 그러나 막상 세자가 그 일을 거론하자 국왕의 용안이 크게 붉어졌다.

"……그 일을 아비가 결정하란 말이더냐?"

"적당한 시기를 봐서 소자가 건의를 올리겠사옵니다. 그때가 되면 조정에서도 분명 칭제건원에 대한 주청을 드리게 될 것이옵니다. 하오니 아바마마께옵서는 소자의 청원을 반대하지 않고 받아 주셨으면 하옵니다."

국왕의 용안이 더욱 붉어졌다.

"칭제건원이라. 생각만 해도 심장의 피가 거꾸로 솟고 가슴이 뛰는 말이구나. 허나 지금 당장 아비가 무슨 말을 해야 할지 모르겠구나."

세자도 국왕의 생각을 읽었다.

"대업이 완성되면 조정과 소자의 청원을 받아만 주시옵소서. 청국을 누르면 우리는 최강대국으로 우뚝 서게 됩니다. 그런 나라의 주인이신 아바마마께서는 당연히 천자가 되셔야 하고요."

"허허!"

"그리고 청국 황제를 반드시 아바마마께 굴종시키겠사옵니다."

국왕이 고개를 저었다.

"나중을 위해 청국 황실을 너무 겁박할 필요는 없다. 그동안 너와 내가 그 문제로 숱하게 고민했듯이, 우리가 대륙을 완전히 장악할 때까지 청나라는 오래도록 존속할 필요가 있다."

"소자도 그 점을 늘 명심하고 있사옵니다. 하지만 최소한 대륙의 주인이 바뀌었다는 것만은 세상에 알릴 필요가 있사옵니다."

국왕도 이 부분은 동조했다.

"그거야 당연히 그래야겠지."

세자가 대업 이후의 계획을 설명했다. 설명을 듣는 내내 달아올랐던 국왕의 용안이 식을 줄 몰랐다.

국왕이 길게 한숨을 내쉬었다.

"후우! 칭제건원은 대업을 논의할 때마다 나왔던 주제였다. 그런데 오늘 다시 듣게 되니 꿈인지 생시인지 모를 정도로 가슴이 뛰는구나."

"아바마마! 성심을 굳건히 하시옵소서. 대업의 완성이 얼마 남지 않았사옵니다."

"오냐. 그렇게 하마."

국왕이 세자를 흐뭇하게 바라봤다.

잠시 그렇게 바라보던 국왕이 문제를 제기했다.

"한족의 반발이 심하다고 들었다. 그런데도 장성 너머까지 수복해야 하느냐? 나는 장성을 경계로 삼는 것도 나쁘지 않다고 생각한다."

세자가 강력하게 나섰다.

"그렇지 않사옵니다. 북경 일대를 그대로 둔다면 청나라는 우리에게 굴복하지 않게 됩니다. 그리되면 우리는 늘 화약을 지고 살아야 하고요. 북방은 땅이 넓은 데 비해 사람이 적습니다. 그리고 청국을 완전히 굴복시켜야만 몽골 초원을 얻을 수 있사옵니다."

"아! 청국 황제가 몽골 초원의 가한이었지?"

"그러하옵니다."

"흐음! 그런 문제가 있다면 당연히 청국 황제를 굴복시켜야겠구나. 허나 장성 너머의 한족이 너무 많은 게 마음에 걸리는구나."

"소자도 한족의 반발이 생각 외로 크다는 점에 놀랐사옵니다. 그 문제를 해결하기 위해 이번 국상 중에 고심을 거듭했사옵니다."

국왕이 대번에 관심을 보였다.

"그래? 그러면 좋은 방안이라도 찾아낸 것이더냐?"

"그러하옵니다. 최선의 방안인지는 모르겠지만, 나름의 해결 방안을 찾아냈사옵니다."

국왕이 자세까지 바로 하며 관심을 보였다.

"어떤 식으로 해결할 생각이더냐?"

"청나라 제도를 적극 도입할 계획입니다."

"청나라 제도? 아! 만한병용정책을 말함이더냐?"

"그렇사옵니다. 그리고 장성 너머 지역을 나눠 자치권도 일정 부분 인정해 주려고 하옵니다."

국왕이 펄쩍 뛰었다.

"피로 얻은 영토에 대한 자치권을 인정해 준다고? 한족들로 하여금 나라를 운영하게 만들겠다는 말이더냐?"

세자가 고개를 저었다.

"나라를 운영하게 할 수는 없지요. 소자는 내정통치의 일정 권한을 인정해 줄 생각입니다. 그렇게 되면 지금보다 훨씬 더 많은 한족이 우리의 통치에 동참하게 될 것입니다."

국왕이 대번에 우려했다.

"아비는 걱정이 된다. 사람의 욕심은 한이 없다. 특히 자만심 많은 한족은 더 말해 무엇 하겠느냐."

"아바마마께서는 저들이 반란을 일으킬 것을 저어하시옵니까?"

"당연하지. 내정에 자치권이 부여되면 저들은 분명 딴생각을 하게 된다. 그러면 그 지역을 얻느니보다 못한 결과가 되지 않겠느냐?"

"아바마마! 꼭 그렇지만은 않사옵니다. 소자가 청나라를 존속시키려는 까닭은 대륙 전부를 한족이 장악하지 않게 하기 위함이옵니다."

세자는 자신의 생각을 찬찬히 설명했다. 처음에는 크게 우려하던 국왕도 세자의 설명이 이어지면서 차츰 설득이 되어 갔다.

"흐음! 네 말을 듣고 보니 충분히 가능한 일이구나."

"한족이라고 해서 꼭 합쳐지기를 바라지 않습니다. 대륙은 통일된 기간보다 나뉘어 있던 기간이 더 많고요. 지금처럼 광활한 영토를 얻게 된 기간도 몽골이 세운 원나라 이후입니다."

"네 말이 맞다. 춘추전국시대를 거쳐 대륙이 통일된 것은 진나라 이후였지. 그 이후에도 대륙은 수시로 분열되었었지."

"그렇습니다. 그렇게 통일된 나라 중에서 한족이 건국한 나라도 몇 되지 않고요. 출신을 정확히 따지고 들어가면 한나라와 송나라, 그리고 명나라 정도입니다."

"그렇지. 수와 당은 다 이족 출신들이었지. 원과 청은 더 말할 필요도 없고."

"그리고 한족이라고 해도 강북과 강남은 성향 자체가 다르옵니다. 이런 한족이 서로 다른 나라로 100년 이상 존속한다면 어떻게 되겠사옵니까?"

국왕의 눈이 빛났다.

"그 정도의 시간이 흐르면 한족이라고 해도 쉽게 합쳐질 수 없을 게다. 특히 민족의 정체성도 많이 달라질 터이고."

"소자도 그렇게 생각하옵니다. 더구나 각자의 이해관계가 엮이게 되면 나중에는 쉽게 합쳐질 수 없습니다. 그리고 우리가 중간에 끼인 청국을 적절히 지원하게 되면 더 그리될 것이고요."

"흠! 하면 나중에라도 한족을 독립시켜 주지 않을 생각이냐? 아니, 한족이 독립하겠다고 나서면 어떻게 할 생각이냐?"

"우리 조선의 인구가 1억이 넘어가면 지금과는 전혀 다른 세상이 됩니다. 그러기 위해서는 상당한 시간이 필요하겠지만, 우리 조선은 최고의 산업국가로 발전해 있을 겁니다. 그때가 되면 완전한 독립은 아니더라도 연방 정도의 느슨한 자치권은 인정해 줄 생각입니다."

"나라를 연방으로 만들 계획이구나."

"그렇사옵니다. 계획대로라면 우리 강역이 너무 넓어집니다. 강역이 넓어지면 장점도 많지만 그만큼 외세의 공격에 취약해집니다. 그런 문제를 해소하기 위해서는 연방국으로 변신이 필요합니다."

"으음!"

"소자가 생각하는 연방은, 본토는 황실이 직접 통치합니다. 그리고 여타 지역은 몇 개로 나눠 외교와 국방을 제외한 상당 규모의 자치권을 부여해 주려고 합니다."

"그러다 독립하겠다고 나서면 문제가 되지 않겠느냐?"

"독립보다 연방으로의 존속이 훨씬 유리하게 만들면 됩니다. 그리고 그 전에 강력한 군사력을 바탕으로 경제적으로 완전히 예속시켜 놓으면 그런 문제는 발생하지 않을 겁니다."

국왕이 너털웃음을 지었다.

"허허! 이번 국상 중에 많은 생각을 했구나."

"그렇사옵니다."

국왕도 모처럼 속내를 밝혔다.

"하긴. 우리 영토가 감당하기 어려울 정도로 넓기는 하지. 그런 영토를 지키려면 엄청난 국력을 소모해야 할 터이고."

"바로 그게 문제이옵니다. 감당할 수 없는 보물은 재앙이나 다름없습니다. 그래서 북미 지역에 대한 대대적인 이주와

개발을 하려는 것이고요. 그리고 국익에 꼭 필요하다면 일정
지역은 버릴 각오도 되어 있습니다."

국왕이 적극 동조했다.

"그렇다. 국익을 위해서라면 때로는 과감히 포기할 줄도
알아야 한다."

"다행히 서양은 지금 전쟁의 소용돌이에 휘말려 있사옵니
다. 그런 전쟁이 끝나려면 적어도 10년 이상의 시간이 필요
할 것이고요."

국왕이 슬쩍 넘겨짚었다.

"네가 만든 통조림과 신형 화기가 전쟁을 더 오래 끌게 만
든 거 아니냐?"

세자가 화들짝 놀랐다.

"아니, 아바마마께서 그걸 어떻게 아시옵니까?"

국왕이 파안대소했다.

"하하하! 과인이 즉위한 지 30년이 넘었다. 세손 시절까지
더하면 40여 년을 거친 정치 세상을 헤쳐 왔지. 그런 세월을
지내다 보면 남들이 보지 못하는 부분도 보기 마련이다."

세자가 감탄했다.

"역시 아바마마이옵니다. 소자가 품고 있는 생각을 아는 사
람은 많지 않사옵니다. 아바마마께서는 소자가 따로 말씀을
올리지 않아도 유럽의 상황을 꿰뚫고 계시는 것 같사옵니다."

"상무사 보고나 화란양행이 주기적으로 제출하는 보고서

를 보며 유추한 것이다. 보고에 따르면 서양에서 일어난 전쟁을 프랑스가 주도하더구나. 그런 프랑스에 통조림공장을 세우고 우리의 수석소총까지 특허 수출하고 있다는 보고를 보고는 짐작했을 뿐이다."

세자가 인정했다.

"정확히 보셨사옵니다. 유럽을 주도하는 세력은 프랑스와 영국으로 대변되옵니다. 그런 양국은 수군과 육군이 각각 강력하고요."

"섬나라 영국은 수군이, 대륙 국가인 프랑스는 육군이 강하겠구나."

"그렇습니다. 프랑스는 다른 나라와 달리 자국의 황제를 스스로 옹립했습니다. 그게 지금의 나폴레옹 황제이고요. 그런 프랑스 국민의 애국심은 남다릅니다. 나폴레옹은 그런 애국심을 바탕으로 유럽 통일 전쟁을 일으킨 것이고요."

세자가 유럽 상황을 간략히 설명했다.

그 설명을 듣던 국왕이 핵심을 짚었다.

"네가 지원해 준 통조림과 수석소총으로 프랑스의 전력을 크게 향상시켰을 거다. 프랑스가 지금 주변 국가를 파죽지세로 몰아붙이는 데 큰 원동력이 되었겠지. 그런데 네 말을 듣다 보면 프랑스가 유럽을 통일하지 못한다는 생각을 하고 있는 거 같구나."

세자가 동의했다.

"그렇사옵니다. 한 손이 여러 손을 감당하는 건 결코 쉽지 않습니다. 프랑스가 아무리 강국이라고 해도 유럽의 모든 나라를 적으로 상대할 수는 없사옵니다. 우리의 국익을 위해서라도 프랑스가 유럽 대륙을 통일하는 건 결코 바람직하지 않고요."

"그러면 왜 프랑스를 이렇게 많이 지원해 준 것이더냐?"

"유럽이 다른 지역으로 고개를 돌리지 못하게 하기 위해서입니다."

국왕이 탄성을 터트렸다.

"아! 너는 북미 지역에 대한 서양 제국의 관심을 돌리려 했구나."

"그렇사옵니다. 소자는 유럽에서의 전쟁이 앞으로 20여 년은 더 끌었으면 하옵니다. 그동안 치열하게 싸우기를 바라고요. 그리되면 전쟁이 끝나도 유럽은 한동안 힘을 쓰지 못하게 됩니다."

"그 기간을 최대한 활용해 우리 조선의 부국강병을 이루겠다는 생각이구나."

"그러하옵니다. 앞으로 10년이 될지 20년이 될지 모르지만, 그 기간이 우리 조선에는 더없이 귀중한 시간이옵니다."

"서양이 전쟁 중이라고 해도 모든 지역이 평온하지는 않을 거다. 양이들은 악귀와 같아서, 틈만 나면 타국을 침략해 자신들의 야욕을 성취하려 할 터이니 말이다."

세자가 감탄했다.

"바로 보셨사옵니다. 저들은 탐욕이 끝없는 자들이어서 늘 조심해야 하옵니다."

국왕이 잠시 고심했다.

"우리가 대업에 성공했다고 해서 모든 게 끝이 아니구나. 아니, 서양 제국과 맞상대를 하려면 새로운 시작을 해야겠구나. 그렇게 노력해야만 피로 얻어낸 우리 강역을 제대로 지킬 수 있겠어."

세자가 격하게 공감했다.

"그렇사옵니다. 대업은 끝이 아니라 새로운 시작이옵니다. 그래서 저들과 맞싸울 발판을 지난 십여 년간 나름대로 최선을 다해 만들고 있는 중입니다."

국왕도 결의를 보였다.

"오냐, 해 보자. 너와 내가, 그리고 조정과 만백성이 힘을 합치면 못 할 일이 무에 있겠느냐."

"아바마마!"

"국본인 네가 앞장서라. 아비는 그런 너를 위해 절대 흔들리지 않는 바람막이가 되어 주겠다."

세자가 진심으로 몸을 숙였다.

"황감하옵니다. 소자는 아바마마만 믿고 달려가겠사옵니다."

국왕이 다시 호탕하게 웃었다.

"하하하! 참으로 기쁘기 한량이 없구나. 어렸을 때 유약하기만 하던 세자가 이렇게 달라졌어. 천하를 굽어보며 경략하는 너를 보니 과인은 더 바랄 게 없구나."

세자도 적극 거들었다.

"소자의 나이, 열여덟이옵니다. 세자빈과 세손이 있으며 대조선의 국본이옵니다. 더욱이 하늘이신 아바마마를 모시는 소자가 어찌 세상을 굽어보지 않을 수 있겠사옵니까."

"하하하! 아하하하!"

국왕은 거듭해서 파안대소했다. 그런 국왕의 대소가 대궐을 넘어 온 사방에 울려 퍼졌다.

❀

3월 초.

세자가 다시 장도에 올랐다.

국왕에게 보고한 대로 여의도에서 출발했다. 아직 전쟁 상황이었기에 별다른 환송식은 없었다.

이른 새벽 대궐을 나온 세자 행렬은 여의도에서 수군장관 이원수와 합류했다. 처음 출정은 1천 톤급 1척이었으나, 한 강하구 강화나루를 지나면서 급격히 불어났다.

불어난 선박은 10여 척이 넘었다. 이 선단을 이끌고 세자가 도착한 지역은 평안도 앞바다였다.

이원수가 설명했다.

"이 지역이 상륙작전을 하게 될 진황도와 지형이 거의 비슷합니다. 작은 강도 있고 모래사장도 비교적 짧은 게 특징입니다."

세자가 지형을 돌아봤다. 그러다 해안가에 상당수의 병력이 나와 있는 모습을 발견했다.

"저 병력은 왜 나와 있는 건가요?"

"해병대 병력입니다. 이삼일 내로 마지막 상륙 훈련을 시행할 예정입니다. 그 훈련을 위해 병력이 나와 해안 지대를 정비하고 있는 중입니다."

"해병사령관도 나와 있겠네요."

"예, 그렇습니다. 지금까지 직접 상륙했는데, 이번에는 육지에서 참관할 겁니다."

"잘되었네요. 그동안의 훈련 성과도 알고 싶었는데, 상륙 훈련을 참관하고 올라가지요?"

"시간이 되겠습니까?"

세자가 돌아보자 이원수가 먼저 대답했다.

"영원성으로 사람을 보내겠습니다."

"부탁드려요. 많이 늦지는 않을 거예요."

이원수가 권했다

"알겠습니다. 그러면 다른 수송선단은 먼저 올려 보내야겠습니다. 보급 물자는 일정에 차질이 생기면 곤란하니까요."

"그렇게 하세요."

갑자기 분주해졌다.

세자가 탄 배가 먼저 해안가에 다가섰다. 그리고 이원수가 휘하 병력을 먼저 해안으로 보내 해병대에 연락하고는 경호를 준비시켰다.

함장은 햇빛을 반사하는 신호로 세자가 늦어진다는 상황을 다른 배에 전달했다. 신호를 받은 선단이 세자가 승선해 있는 배를 놔두고 자기들끼리 북상했다.

그런 준비가 끝나자 세자가 호위 병력과 함께 배에 준비된 보트에 올랐다.

"보트를 내려라!"

세자를 태운 보트가 천천히 내려졌다. 그러다 수면에 무사히 안착하자 고리를 풀고서 병사들이 노를 저었다.

"영차! 영차!"

힘을 합쳐 젓는 노에 보트는 쑥쑥 나갔다. 경호실 병력이 대기하다가 보트를 손쉽게 정박했다.

세자가 하선하니 기다리던 해병대 무관이 다가와 절도 있게 인사했다.

"충! 어서 오십시오, 저하."

"겨울에 물도 찬데 고생이 많아."

"충분히 견딜 만합니다."

"병사들의 사기는 어떻지?"

무관이 힘차게 대답했다.

"우리 해병대원들은 임전무퇴의 각오로 훈련에 임하고 있습니다. 특히 북벌의 대미를 장식하게 될 상륙작전의 선봉이 된 것에 대한 자부심이 하늘을 찌릅니다."

"하하! 그래?"

세자는 흐뭇했다.

수군을 양성하며 해병대를 적극 육성해 왔다. 그런 해병대는 자신의 바람대로 최정예로 성장하면서 이번 상륙작전을 주도하게 되었다.

"해병대사령관은 어디 있나?"

무관이 침착하게 대답했다.

"지휘본부에서 참모들과 함께 상륙작전 계획을 최종 점검하고 계십니다."

"그렇구나. 지휘본부가 여기서 멀어?"

무관이 절도 있게 몸을 돌렸다. 그리고 해안이 내려다보이는 산을 손으로 가리켰다.

"저기 보이는 능선에 있습니다."

이원수가 권했다.

"올라가 보시지요. 상륙부대의 전체 상황을 보시려면 능선에서 내려다보시는 게 좋습니다."

"알겠습니다."

이원수가 해병대 무관에게 지시했다.

"병사를 사령관에게 보내 저하께서 오셨다는 말을 전하도록 하게."

"예, 알겠습니다."

무관이 동행한 병사에게 지시했다. 그러자 병사는 나는 듯 지휘본부로 달려갔다.

무관이 다시 입을 열었다.

"소장이 모시겠사옵니다."

이원수도 권했다.

"가시지요, 저하."

"그러세요."

세자 일행이 산으로 접어들었다. 그와 때를 같이해 능선에 서 해병대사령관이 급히 내려왔다.

"충! 어서 오십시오, 저하."

세자가 손을 내밀었다.

"고생이 많습니다."

"별말씀을 다 하십니다. 그런데 연락도 없이 어쩐 일이시 옵니까?"

이원수가 대신 대답했다.

"영구로 가는 길이었네. 그러다 저하께서 해병대 상륙작 전을 직접 참관하고 싶다고 하셨네."

"잘 오셨습니다. 마침 내일이 마지막 상륙 훈련이옵니다."

"오! 마침 다행이구나."

"예. 그래서 참모들과 마지막 점검을 하는 중이었습니다.

올라가시지요. 안내하겠습니다."

그렇게 올라간 지휘본부는 목재로 만들어진 임시 막사였다. 3월 초라 아직은 날이 차서 막사에는 화탄 난로가 실내를 덥히고 있었다.

세자가 내부를 둘러보며 안타까워했다.

"이런 상태로 겨우내 지냈으면 많이 힘들었겠습니다. 양회를 가져다 토치카라도 만들어 놓지 않고요."

해병대사령관이 고개를 저었다.

"아닙니다. 이 지역은 훈련이 끝나면 효용 가치가 없어집니다. 그런 곳에 우리가 편하자고 쓸데없는 낭비를 할 필요는 없습니다. 그리고 병사들은 바깥에서 추위를 직접 겪으면서 훈련을 하고 있는데 이 정도면 구중궁궐입니다."

이원수가 혀를 찼다.

"쯧! 아무리 그렇다고 해도 지휘본부로서 갖출 건 갖췄어야지."

해병대사령관이 펄쩍 뛰었다.

"이 정도면 충분합니다. 겉으로 보기에는 부실해 보여도 바람 한 점 들어오지 않습니다. 그리고 화탄 난로의 화력이 좋아 추위를 조금도 느끼지 못할 정도입니다."

세자가 석탄을 살피며 질문했다.

"보급받는 석탄의 화력은 괜찮나요?"

"평안도 지역은 양질의 탄광이 많사옵니다. 덕분에 보급되는 화탄의 화력은 조금도 문제가 되지 않습니다."

해병대 참모장이 부언했다.

"화탄 난로는 유독한 증기가 발생합니다. 그래서 수시로 환기를 하고 연통 청소도 주기적으로 실시하고 있사옵니다."

"잘하고 있네요. 석탄은 좋은 원료지만 그만큼 문제도 많아요. 가장 문제는 유독 증기여서 철저하게 관리해야 합니다."

"명심하겠습니다.

해병대사령관이 창문으로 다가갔다.

"여기서 보면 해안이 잘 내려다보입니다."

세자가 넓은 창으로 다가갔다.

"해안 전경이 한눈에 보이네요."

"예. 그래서 지휘본부를 여기다 지은 것입니다."

"흠!"

세자는 바다와 해안을 한동안 살폈다.

그런 세자에게 참모장이 건의했다.

"저하! 상륙작전을 설명해 드려도 되겠습니까?"

세자가 몸을 돌렸다.

"그럽시다."

세자의 승낙과 함께 막사가 잠시 부산했다. 빠르게 막사가 정리되면서 보고 자리가 만들어졌다.

참모장이 나섰다.

"세자 저하를 모시고 작전 계획을 설명하게 되어 무한한 영광입니다. 보고하는 저는 해병대 참모장인 오진영 준장입니다. 우리가 10만 병력을 동원해 대규모 상륙작전을 전개하는 건 유사 이래 처음입니다. 그래서 모든 작전 계획은 처음부터 새로 만들어야 했으며……."

자신의 소개와 함께 시작된 설명은 한동안 이어졌다. 세자는 그의 설명을 경청하다가 의심나는 사항이 있으면 주저 없이 질문을 했다.

세자의 질문은 날카로웠다.

군대의 편성과 운용, 그리고 전술 교범은 오랜 경험의 산물이다. 세자가 갖고 있는 이전 시대 지식은 이 시대의 관점에서 보면 비교 불가나 다름없다.

이런 세자의 질문에 참모장은 주춤거리기는 했지만 무난히 대답했다. 참모장이 이렇듯 군사 지식이 많은 까닭은 세자가 꾸준히 국방대학에서 교육을 시행했던 덕분이었다.

한동안 질문과 대답이 이어졌다.

그 바람에 막사의 분위기는 후끈 달아올랐다. 참석자들은 누구도 예외 없이 대화에 집중했다.

"……이로써 이번 상륙 훈련에 대한 설명을 마치겠습니다."

짝짝짝!

세자는 흡족한 미소를 지으며 박수를 보냈다. 그런 세자를 본 참석자들도 열렬히 박수하며 호응했다.

"대단하군요. 대규모 상륙작전은 처음인데 이렇게 훌륭하

게 준비하고 있었네요. 함께 상륙할 육군 병력에 대한 지원
과 협력도 잘 준비하고 있어서 아주 인상적입니다."

참모장이 절도 있게 묵례했다.

"감사합니다. 이 모두가 저하께서 가르쳐 주신 덕분입니다."

"내가 국방대학에서 가르쳐 준 것은 전술에 대한 기본 개
념입니다. 그런 기본 개념을 이렇듯 실전에 적용하는 능력은
전적으로 참모장과 참모, 그리고 그대들을 지휘하는 해병대
사령관의 역량입니다. 진실로 만족합니다."

모든 해병대 지휘관이 복창했다.

"감사합니다, 저하!"

"이대로만 해 주세요. 10만 병력이 동원되는 대규모 상륙작
전은 서양에서도 아직 시도된 적이 없습니다. 이 말은 여러분
들이 세계 전사의 역사를 새로 쓰고 있다는 의미입니다. 그러
니 자부심을 갖고 훈련과 실전에 임해 주시기 바랍니다."

해병대사령관이 감격한 표정을 지었다.

"감사하옵니다. 저하께서 이런 격려를 해 주셨다는 것을
우리 장병들이 알게 되면 사기가 하늘을 찌를 것입니다."

세자가 이원수를 돌아봤다.

"수군장관님."

"예, 저하."

"내일 훈련을 마치면 장병들에게 푸짐한 특식을 제공하고
싶은데 가능하겠습니까?"

이원수의 대답이 바로 나왔다.

"내일 당장은 곤란합니다. 그 대신 시간을 주시면 자금을 지원해 주변 지역 소를 사들이도록 조치하겠습니다. 군수본부에 보관된 육류도 급히 수급하도록 조치하겠습니다."

세자가 해병대사령관을 바라봤다.

"민간에서 소를 매입하실 때 가격을 후히 쳐주세요. 이전보다 소가 많아졌다지만 그래도 귀한 재산입니다."

개혁이 진행되면서 상공업만 발전하지 않았다.

세자는 상무사를 통해 가축을 대량으로 들여왔다. 그렇게 들여온 소와 돼지는 농가에 보급되어 계약 사육했다. 그렇게 해서 생산된 새끼들을 다시 분양하는 방식으로 가축 두수를 급격히 늘려 왔다.

조선은 본래 소가 많다.

돼지는 사람이 먹는 음식을 먹여야 한다. 그러나 소는 풀이 사료이며 농사를 짓는 데도 유용했다.

그래서 농가에서 일손을 덜기 위해 소 한두 마리씩은 키워 왔다. 그러나 많은 농가에서는 소가 없어 농사를 짓는 데 아주 애를 먹고 있었다.

상무사는 이런 농가에 소를 분양했다.

이러한 조치가 엄청난 효과를 발휘했다. 소를 이용해 농토가 늘면서 식량이 증산되면서 농민들의 소득이 향상되었다.

사육 두수가 많아지면서 육류 생산이 늘어나며 식생활 개선에 큰 도움이 되었다. 특히 북벌에 필요한 육류 수급에 결정적 도움이 되고 있었다.

해병대사령관이 대답했다.

"백성들에게 조금도 피해를 주지 않도록 처리하겠습니다."

"그렇게 하세요. 군수본부의 육류가 도착하면 그것까지 포함해 장병들을 크게 위무해 주시고요."

해병대사령관이 몸을 숙였다.

"황감하옵니다. 우리 장병들이 이 소식을 들으면 크게 기뻐할 것입니다."

이후, 세자는 해병대의 현황에 대한 보고까지 받으며 하루를 보냈다.

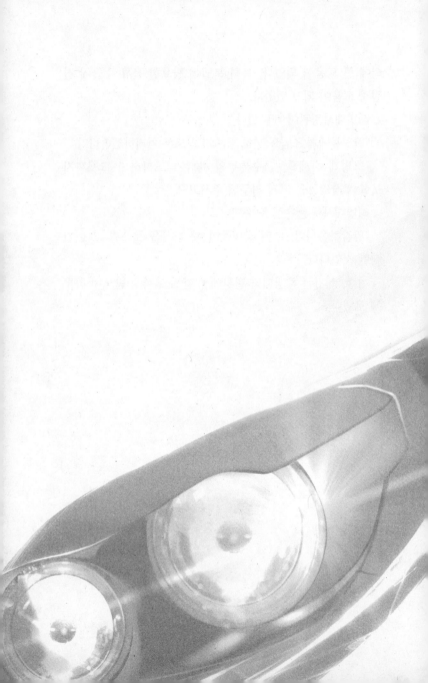

최초의 상륙작전

그리고 다음 날.

쾅! 쾅! 쾅! 쾅!

상륙은 포격전부터 시작되었다.

실전과 같은 포격은 하지 않는다. 그럼에도 강력한 함포 포격으로 목표물 주변은 초토화되었다.

한동안 포격이 진행되었다.

그런 뒤 해병이 탄 보트가 수송선단에서 내려졌다. 그렇게 내려진 보트가 해안에 도착하면서 지축을 뒤흔들던 포격이 끝났다.

이어서 선발대장의 외침이 터졌다.

"부대! 돌격하라!"

"와!"

"달려라!"

함성과 함께 모래사장을 가로지른 장병들은 엄폐물부터 확보했다. 거점을 확보한 해병대원들은 주변을 정리하고는 소총을 거치했다.

뒤이어 다른 부대가 속속 상륙했다. 후속부대가 거점에 도착하자 선발대는 다시 뛰쳐나갔다.

선발대는 절대 일직선으로 움직이지 않았다. 적의 공격에 대비해 몸을 최대한 웅크리고 좌우로 이동하며 달려 나갔다.

세자는 이런 모습에 크게 흡족했다.

"장병들이 각개전투 훈련을 착실히 받았나 봅니다. 행동 하나하나가 너무도 자연스럽네요."

"상륙 훈련을 십여 차례 진행했사옵니다. 그런 훈련은 고되지만, 훈련이 끝나고 복기하는 과정에서 잘못한 부분을 반드시 짚고 넘어갑니다. 그런 과정이 반복되면서 해병대원 개인의 역량도 크게 발전하게 되었고요."

참모장이 거들었다.

"최고의 결과는 반복되는 훈련만이 정답입니다."

세자가 우려했다.

"너무 많은 훈련은 오히려 독으로 작용할 수도 있습니다. 그러니 강온을 적절히 섞어서 하는 게 좋을 거예요."

참모장의 의견은 조금 달랐다.

"해병대원들은 일반 병력이 할 수 없는 임무를 처리해야 합니다. 그런 임무를 수행하기 위해서는 강한 체력과 정신력이 필수입니다. 그러기 위해서는 먼저 극기 정신을 함양해야 합니다. 그러려면 한계를 넘어야 하는 훈련이 지속적으로 실시되어야 합니다."

참모장의 설명을 들으면서 세자가 놀랐다.

'대단하구나. 이건 이전 시대 해병대와 비슷한 훈련 방식을 채택하고 있어. 해병대의 임무에 대한 기준은 내가 잡아 주었지만 이 정도는 아니었는데도 자체적으로 진화하고 있었잖아.'

참모장이 설명을 이어 갔다.

"저의 설명을 듣고 많이 놀라셨을 겁니다."

세자가 순순히 인정했다.

"맞아요. 솔직히 이 정도로 해병대원들을 강력하게 양성하고 있을 줄 몰랐습니다."

"경험의 산물입니다. 해병대가 창설될 당시에는 저하께서 마련해 주신 기준에 따라 병력을 양성했습니다. 그런데 시간이 지나면서 그 정도만으로는 최강의 병력을 양성할 수 없다는 점을 알게 되었습니다. 그래서 해병대 참모들이 훈련 방식을 새롭게 만들었으며, 그 결과 지금과 같은 강병을 양성할 수 있게 되었습니다."

세자가 손뼉을 쳤다.

"놀랍네요. 해병대가 이토록 부단히 노력하고 있을 줄 몰랐습니다. 사령관 이하 모든 지휘관의 노고에 경하드립니다."

해병대사령관의 입이 귀에 걸렸다.

"감사합니다, 저하."

"하지만 쇠도 너무 두드리면 부러집니다. 그러니 장병들을 너무 일방적으로 몰아붙이지는 마세요."

"저하께서 지적하신 부분이니만큼 참모들과 협의해 최선의 방안을 마련하겠습니다."

군에서 세자의 말은 법이다.

그럼에도 해병대사령관은 당장 시행하겠다는 답을 주지 않았다. 세자는 그런 대답을 들으면서도 그 점을 지적하지 않고 오히려 격려했다.

"신 사령관은 해병대에 애정이 많은가 봅니다."

해병대사령관 신영찬이 머쓱해했다. 그러나 그는 이내 당당한 자세로 소신을 밝혔다.

"저는 우리 해병대가 조선을 넘어 세계 제일의 군대가 되기를 바랍니다. 정신교육을 실시할 때마다 그 점을 늘 강조하고 있고요. 다행히 지금까지는 저의 이런 바람을 모든 해병대원이 잘 따라오고 있사옵니다."

"훈련 방식을 쉽게 바꾸기 어렵다는 거네요."

"꼭 그렇지는 않사옵니다. 하지만 과유불급 하라는 저하의 말씀은 반드시 유념하겠사옵니다."

그의 대답에 세자는 고개를 끄덕였다. 그러던 세자는 벽에 걸린 구호를 보며 미소를 지었다.

한 번 해병은 영원한 해병

신영찬도 구호를 바라보며 생각을 밝혔다.

"저하께서 지어 주신 저 구호가 우리 해병대의 정체성을 그대로 정의하고 있습니다."

참모장도 거들었다,

"저 구호는 해병대의 모든 막사에 부착되어 있습니다. 그리고 우리 대원들은 무엇보다 저 구호에 대한 자부심이 대단하옵니다."

세자는 이전 시대 해병대 구호를 가져왔다. 그런데 그 구호가 이 시대 해병대원들에게도 먹혀들었다는 사실에 놀랐다.

그러다 다른 구호가 갑자기 떠올랐다.

"누구나 해병이 될 수 있다면 나는 결코 해병을 선택하지 않았을 것이다."

참모장이 깜짝 놀랐다.

"저하, 그게 무슨 말씀이옵니까?"

신영찬도 큰 관심을 보였다.

"저하! 지금 뭐라고 말씀하셨사옵니까?"

세자가 머리를 긁적였다.

"여러분이 해병대의 위상에 대해 말을 하는 걸 듣다 보니 갑자기 생각이 나네요."

이러면서 구호를 한 번 더 말해 주었다.

해병대사령관 신영찬이 격하게 반응했다.

"이야! 참으로 절묘한 구호입니다. '누구나 해병이 될 수 있다면 나는 결코 해병을 선택하지 않았을 것이다.' 이 얼마나 우리 대원들의 자부심을 고취하는 구호입니까?"

이인수도 동조했다.

"제가 들어도 아주 좋습니다."

참모장이 적극 나섰다.

"저하! 저하께서 생각해 낸 구호를 우리 해병들에게 알릴 수 있게 해 주십시오. 아마도 우리 해병들이 이 구호를 들으면 절로 가슴이 펴질 것이옵니다."

세자가 지적했다.

"구호를 사용하는 건 좋아요. 그러나 그리되면 앞으로 해병대는 지원자만으로 운용해야 하는데, 감당할 수 있겠어요?"

신영찬의 몸이 순간 멈칫했다.

지금의 해병대는 수군 자원 중에서 선발해 왔다. 덕분에 병력을 충원하는 데 크게 신경 쓰지 않았다.

그런데 지원자만으로 부대를 운용하는 건 차원이 달랐다.

잠시 고심하던 신영찬이 굳은 표정으로 생각을 밝혔다.

"어차피 최강의 해병을 육성하기 위해서는 지원병 체제로 가야 합니다. 그러지 않고 지금처럼 수군에서 병력을 충원하다 보면 언젠가 한계에 봉착하게 됩니다."

참모장도 적극 거들었다.

"옳은 말씀입니다. 해병대는 시작부터 자부심을 심어 줄 필요가 있습니다. 그래야 혹독할 정도로 힘든 훈련을 감당할 수 있사옵니다. 그리고 그런 병력에 선발된 간부들이 있어야 진정한 최강의 병력을 거듭날 수 있습니다."

세자가 찬사를 보냈다.

"역시 대단하군요. 잘 생각했습니다. 최강의 병력을 양성하려면 시작부터 달라야 하는 게 맞습니다. 두 분의 생각이 확고하다면 이번 북벌을 마치고 해병대의 선발 과정부터 대대적으로 손을 보도록 합시다."

"알겠습니다."

구호 하나가 해병대 운용 방식의 대대적인 변화를 만들어 냈다. 세자는 이런 변화가 최강의 병력 양성의 기틀이 된다는 것을 믿어 의심치 않았다.

그래서 훈련 참관이 더 즐거웠다.

❀

다음 날.

세자는 해병대 지휘관들의 대대적인 환송을 받으며 다시

장도에 올랐다. 처음과 달리 단독 여정이어서, 배는 속도를 높여 이틀 만에 영구에 도착했다.

영구에는 세자를 호위할 병력이 이미 대기하고 있었다. 그 병력과 육로로 이틀을 이동한 끝에 영원성에 도착했다.

"충! 어서 오십시오, 저하."

육군장관 백동수가 성문 앞까지 나와 있었다. 세자는 그런 백동수와 반갑게 해후했다.

"오랜만에 뵙네요. 겨우내 잘 지내셨는지요?"

"하하하! 보시는 대로 저희는 아주 잘 지냈사옵니다."

그의 손을 따라 바라본 영원성은 몇 달 전과는 완전히 달라져 있었다.

"오! 성벽을 완전히 새로 축성했군요. 형태도 이전과 확연히 달라졌고요."

"영원성은 그 중요도에 비해 성의 크기가 작습니다. 그래서 성벽 형태를 이중의 성형(星形)으로 전격 개조했습니다. 성내도 파괴된 가옥과 건물 잔해를 싹 걷어 냈습니다. 그리고는 그 자리에 저하의 지시대로 군영을 새로 구축하고 있는 중입니다."

조선군이 공략하기 전 영원성은 민가와 군부대가 혼재되어 있었다. 세자는 그러한 성내를 이번 기회에 싹 털어 내어 군이 전용하도록 조치했다.

"잘하셨습니다. 영원성은 우리 군의 주요 거점이 되어야 합니다. 그래야 장차 만리장성을 기준으로 한 통제와 병력 운용을 원활히 할 수 있어요."

"저도 그렇게 생각합니다. 영원성은 앞으로도 효용 가치가 결코 줄어들지 않을 것입니다."

대화를 나누면서 성안으로 들어갔다. 그러자 막사가 줄지어 늘어선 모습이 한눈에 들어왔다.

"잔존한 건물이 없었는가 보네요?"

"조금 있기는 했습니다. 그러나 진영 구축을 위해 전부 헐어 버렸습니다."

"폐자재가 상당히 나왔을 텐데요."

백동수가 한쪽을 가리켰다.

"저쪽을 보십시오, 저하."

세자가 그곳을 바라보며 놀랐다. 세자가 바라본 방향에는 벽돌 건물이 즐비하게 늘어서 있었다.

"오! 저게 웬 건물들인가요? 전부 새로 지은 건가요? 그런데 아주 새 건물 같지는 않네요?"

"그러하옵니다. 건물 잔해에 있던 벽돌 중에서 재활용할 수 있는 것을 따로 추렸습니다. 목재도 마찬가지고요. 그런 고재와 벽돌을 재활용해서 창고와 막사들을 지었습니다. 그렇게 지어진 건물이 백여 동이 넘습니다."

"이야! 백여 동이라니, 아주 잘하셨습니다. 공사는 포로를 활용했겠지요?"

"물론이옵니다. 공병대가 지휘하고 인력은 전적으로 포로들을 활용했습니다. 다행히 포로 중에 건축 기술자들이 꽤 되어서 큰 도움이 되었습니다."

"그런데 포로들은 어디 있습니까?"

"일부는 지금 금주성의 복구 작업에 투입했사옵니다. 나머지 포로들은 전부 요새 구축에 투입되어 있사옵니다. 요하 일대의 요새들도 전부 성형으로 개조하고 있사옵니다."

"좋네요."

"가시지요. 본부 건물에 지휘관들이 기다리고 있사옵니다."

세자가 백동수의 안내를 받아 지휘본부로 다가갔다. 그러자 마당에서 도열하고 있던 지휘관들이 일제히 군례를 올렸다.

"세자 저하께 대하여 경례!"

"충!"

세자가 군례에 화답하고는 수십 명의 지휘관들과 일일이 악수를 나누었다. 그리고서 들어간 지휘본부도 새로 지어진 건물이었다.

세자는 회의실로 안내되었다.

본관 건물에는 유리창이 부착되어 있었다. 덕분에 환한 회의실에 들어선 세자가 착석하자 지휘관들이 서열에 따라 자리에 앉았다.

세자가 인사말을 했다.

"지난겨울 북방에서 고생들 많았습니다."

1군사령관이 대표로 대답했다.

"이제는 당연히 감내해야 할 추위입니다. 그래서인지 생각보다는 춥지 않았습니다."

"다행이네요. 겨우내 수복한 지역에 문제는 없었습니까?"

총참모장이 나섰다.

"전혀 문제가 없지는 않았습니다. 그러나 예상했던 것보다 반발이 적었습니다."

"한족과 만주족이 통제에 잘 따랐다는 말인가요?"

"금주와 영원성 전투가 원주민들에게 큰 충격을 주었던 것 같습니다. 그리고 요서 지역은 피난한 숫자가 워낙 많았습니다. 요동도 요양 일대도 비슷한 상황입니다."

"피난민들이 워낙 많아 별다른 통제를 하지 않아도 될 정도라는 말이군요."

"그렇사옵니다."

"요동반도 방면은 어떤가요? 지난해에는 그 지역 원주민들의 반발이 심했다고 보고받았는데요."

2군사령관이 설명했다.

"그 지역은 인구는 적지만 대부분이 피난을 가지 않은 상황입니다. 처음에는 반발이 조금 있었지만, 저희의 강력한 대처로 지금은 별문제가 없습니다. 하지만 북벌이 끝나면 어떤 식으로든 정리가 필요할 것 같습니다."

"흐음! 그에 대한 방안을 생각해 본 게 있나요?"

"요동반도는 전략적 요충지입니다. 이런 지역에 너무 많은 한족이 몰려 사는 건 좋지 않습니다. 그래서 저는 북벌이 끝나면 장성 너머로 이주시키는 것도 생각해 봤으면 좋겠습니다."

"집단 이주를 시키자는 말인가요?"

"그러하옵니다."

총참모장이 적극 동조했다.

"한족이 쉽게 동화되지 않는다면 그 방법이 최선으로 보입니다."

"요동반도의 한족이 쉽게 동조하겠습니까?"

"그들 대부분은 농민입니다. 그런 점을 잘 활용하면 의외로 쉽게 해결이 될 수도 있사옵니다.

세자가 바로 알아들었다.

"장성 너머의 땅을 분배해 주자는 말이군요."

"그렇사옵니다. 우리나 저들이나 농민들이 가장 원하는 건 자신들의 땅입니다. 요동반도의 한족 대부분은 대지주의 땅을 경작하는 소작농들입니다. 그런 자들의 염원을 들어주면서 이주를 권장하면 분명 대거 동참하게 될 것입니다."

"충분히 가능한 말씀이네요."

"예, 직례의 대부분은 청국 황족들이 소유한 대규모 장원지대입니다. 그리고 전투가 벌어지면 북경 일대 한족들은 대거 피난하게 되어 있습니다. 그렇게 되면 빈 땅은 널리게 될

개혁군주

것이어서 땅을 나눠 주는 건 별문제가 되지 않을 것입니다."

"그렇겠지요. 그런데 요동의 한족이 북경 일대로 이주를 하게 되면 지역 민심도 상당히 출렁이지 않을까요?"

"사람들이 섞이면서 이런저런 문제가 나오기는 할 겁니다. 그러나 요동반도의 중요성을 생각하면 충분히 감내할 정도입니다."

세자가 생각해도 나쁘지 않았다.

"좋습니다. 그러면 요동 요서의 한족에게도 똑같은 기회를 부여하는 방안을 연구해 봅시다. 기왕이면 이 지역의 한족도 장성 너머로 소개하는 게 좋으니까요."

총참모장이 나섰다.

"그 부분은 저희 참모부가 최선의 방안을 수립해 보겠사옵니다."

"그렇게 하세요. 그리고 상륙작전에 대한 준비는 차질 없이 하고 있는지요."

백동수가 대답했다.

"1군과 2군에서 각각 2개 사단과 기병여단 병력을 차출했습니다. 저하의 명이 떨어지면 언제라도 이동할 수 있는 만반의 준비를 마쳤습니다."

"잘하셨네요. 그러면 지금부터 상륙작전에 대한 점검을 시작하겠습니다. 먼저 총참모부부터 시작하시지요."

총참모장이 일어섰다.

"저희가 먼저 보고를 하게 되어 영광입니다."

회의는 사흘에 걸쳐 진행되었다. 최초의 상륙작전인 만큼 점검 사항이 한두 가지가 아니다.

상륙작전은 수군이 담당한다.

그래서 육군은 만리장성을 어떻게 넘느냐에 대한 문제만 점검하면 된다. 그러나 만리장성을 넘는 문제가 결코 쉽지 않았다. 더욱이 상륙작전 이후의 전투는 육군이 담당해야 한다.

그런 문제를 논의하느라 회의가 길어졌다. 그렇게 작전 회의를 마치고 군단장과 사단장들은 자신들의 부대로 복귀했다.

❀

그리고 열흘 후.

각 군에서 2개 사단과 기병여단이 영구로 이동했다. 영구에는 이미 이들을 수송할 수백 척의 수송선단이 대기하고 있었다.

조선군이 진출한 후 영구항의 규모는 이전과 비교하지 못할 정도로 커졌다. 그럼에도 아직은 한 번에 몇 척의 선박을 정박시킬 정도였다.

그 바람에 상륙작전에 참여한 병력과 군수물자를 선적하는 데 시간이 걸렸다. 세자가 영구에 도착한 때는 병력과 군수물자 선적이 끝나 갈 즈음이었다.

영원성은 바다와 가까워 바로 옆에 포구가 있었다. 그럼에도 영구로 온 까닭은 대규모 선단의 이동을 청국에 숨기려는 의도 때문이었다.

수군장관 이원수가 세자를 맞았다.

"어서 오십시오, 저하."

"고생이 많습니다. 그런데 생각보다 선적 작업이 일찍 끝났네요."

"육군이 사용할 군수물자 대부분을 본토에서 가져왔습니다. 그래서 여기서는 병력만 승선시키면 되어서 계획보다 일찍 끝낼 수 있었습니다."

"그렇군요. 그러면 나도 바로 승선해야겠네요?"

"출항 일자가 모레여서 그때까지 배에 계셔야 하는데 괜찮겠습니까?"

"걱정 마세요. 그동안 수군 지휘관들과 상륙작전을 점검하면 됩니다."

"알겠습니다. 그러면 함장과 지휘관들을 집결시키겠습니다."

"그렇게 하세요."

잠시 후, 연락을 받은 수군 지휘관들이 세자가 탄 배로 모였다. 세자는 이들과 상륙작전 계획의 마지막 점검을 하며 이틀을 보냈다.

사흘 후.

육군 병력을 태운 선단이 출발했다. 대부분의 함정들은 항구 밖에 닻을 내리고 있었다.

7만의 병력과 각종 군수물자가 선적된 수송선단은 백 척이 넘었다. 그런 선단이 항해를 시작하니 수평선이 온통 수송선단으로 가득했다.

조선의 함정은 이것이 전부가 아니었다.

영구에서 목적지인 진황도는 빠른 배로 하루면 도착한다. 그러나 육군 병력을 승선시킨 선단은 천천히 항해했다.

다음 날 오후.

수송선단은 진황도와 가까운 바다에서 해병대 병력이 승선한 선단과 조우했다. 3만의 해병대원을 태운 선단도 수십 척이었다.

두 선단은 햇빛 신호로 연락을 주고받았다.

이어서 해병대 선단이 앞장서고 육군 선단이 뒤로 물러섰다. 그렇게 합쳐진 선단은 그 자리에서 하루를 보냈다.

그리고 다음 날.

여명과 같이 출발한 선단은 이른 새벽 목적지 주변 바다에 도착했다. 수군선단은 먼저 포격 대형으로 빠르게 진영을 바꾸고서 육지로 접근했다.

세자가 육지를 살피고 있었다. 수군장관 이원수도 옆에서 육지 상황을 살피다 혀를 찼다.

"쯧쯧! 이제야 육지의 청군이 우리가 온 것을 알아챘나 보옵니다."

세자도 동조했다.

"그러게 말이에요. 지금까지 조용하던 해안이 난리가 났네요."

"그런데 저하! 참으로 놀랍사옵니다."

"뭐가 놀랍지요?"

이원수가 손으로 해안을 가리켰다.

"아무리 해상 공격을 받아 본 적이 없다고 해도 여기는 전방입니다. 그것도 산해관과 불과 20여 리 정도밖에 떨어져 있지 않고요. 그런데도 저기를 보세요. 해안가에 해상 방어 준비가 전혀 되어 있지 않습니다."

세자도 인정했다.

"청국의 수군 전력이 형편없다는 건 세상이 다 아는 사실이지요. 그런 청국이 할 수 있는 것은 만리장성에 의지한 방어가 고작이고요. 그리고 저들은 우리 수군의 규모가 이 정도일 줄은 꿈에도 생각하지 못했을 겁니다."

이원수가 크게 고개를 끄덕였다.

"옳은 말씀이옵니다. 저하가 계시지 않았다면 누구도 수군을 전폭 지원해 이 정도 규모로 양성시키지 못했을 겁니다."

세자도 인정했다.

"그건 그렇습니다. 처음 대양해군을 양성한다고 했을 때만 해도 나를 전폭적으로 지지하시던 아바마마조차 우려를 표명했을 정도였지요."

수군장관 이원수가 회중시계를 꺼냈다.

"저하! 공격 시간, 6시가 다 되었습니다."

세자도 회중시계를 꺼냈다.

"그러네요. 5분여가 남았네요."

"포격을 시작하면 위험한 상황이 연출될 수 있는데, 안으로 들어가시겠습니까?"

세자가 고개를 저었다.

"아니요. 이대로 있겠어요. 우리가 있는 여기까지 청군 화포가 쏜 포환이 도착할 리 만무합니다. 그러니 장관께서도 내 걱정은 하지 마세요."

"그래도……."

"되었습니다. 상륙작전이 끝날 때까지 갑판에 있을 터이니 그리 아세요."

"알겠습니다."

두 사람이 대화하고 있을 때, 기함에서 깃발신호가 올라갔다. 그것을 본 다른 전함들도 급히 같은 깃발을 내걸었다.

그리고 어느 순간이었다.

"발포하라!"

둥! 둥! 둥! 둥!

쾅! 쾅! 쾅! 쾅!

북소리와 함께 포격이 시작되었다.

산해관의 본래 이름은 임유관(臨渝關)이다.

이런 임유관이 산해관으로 바뀌게 된 건 명나라 시절이다. 명 초 명장 서달(徐達)이 관문을 대대적으로 개축하면서 개명했다.

그러다 척계광(戚繼光)이 다시 개축했다.

척계광은 산성 주변에 몇 개의 성곽 요새를 더 축성했다. 바다 방면에는 영해성을, 산지에는 각산산성을 건설했으며 산해관도 이중으로 성을 건설해 난공불락의 군사도시로 만들었다.

각산산성이 지어진 곳은 연산산맥이다.

연산산맥은 하북의 평원과 북방의 산지가 나뉘는 경계점이다. 그래서 역대 대륙 왕조는 이 산맥을 기준으로 만리장성을 건설했다.

진황도는 이런 산해관의 배후 도시다.

그럼에도 성벽은커녕 군사시설도 변변한 것이 없었다. 이렇게 된 데에는 만리장성을 이중삼중으로 요새화시켰기 때문이었다.

북방 민족은 기병이 주력이다.

바다를 거의 접하지 못한 탓에 수군 전력은 형편이 없었다. 그래서 대륙 왕조의 방어 계획은 전적으로 만리장성이 기준이었다.

진황도는 산해관을 지원하기 위한 군수물자가 산같이 쌓여 있었다. 작은 포구에도 10여 척의 크고 작은 배들이 정박해 있었다.

조선군의 함포사격은 이런 군수물자와 항구를 중심으로 진행되었다.

쾅! 쾅! 쾅! 쾅!

100척이 넘는 조선함대의 포격은 정교했다. 효과를 극대화하기 위해 교차 포격도 진행되었다.

봄이어서 한동안 비가 오지 않았다.

이런 상황에서 포격을 당하니 군수물자들은 순식간에 불타올랐다. 이렇게 시작된 불길은 민가로 번져 나가면서 진황도 일대가 불바다로 변했다.

꽈꽝! 꽝! 꽝!

군수물자에는 각지에서 긁어모은 화약도 다량 포함되어 있었다. 이런 화약이 유폭을 일으키면서 불길은 급격히 커져만 갔다.

진황도와 그 주변에는 물자도 많이 몰렸지만, 인부들과 청군도 상당히 많았다. 이런 인부와 청군들도 포격에 무참히 갈려 나갔다.

피해가 급속도로 늘어났다.

불길은 점점 더 세력을 강화하면서 무섭게 번져 갔다. 하늘이 시꺼먼 연기로 뒤덮였으나 만리장성에서는 어떠한 조치도 취할 수 없었다.

아니, 할 수가 없었다.

쾅! 쾅! 쾅! 쾅!

이날 새벽.

그동안 침묵하고 있던 조선육군이 전면적으로 움직였다. 이러한 움직임은 바로 만리장성의 청군에 알려졌다.

청군은 전군에 비상을 걸고서 만리장성에 병력을 대거 배치했다. 이러는 동안 만리장성에 도착한 조선육군은 만리장성을 따라 포병을 배치했다.

그리고 수군과 같은 시각, 일제히 야포 포격을 감행했다. 4개 사단과 기병여단이 빠져나갔다곤 해도 15만에 가까운 병력이었다.

이런 육군이 보유한 대포의 숫자도 500문을 훌쩍 넘겼다. 그런 대포가 일제히 불을 뿜게 되면서 시작된 공세에 만리장성의 청군은 뒤를 돌아볼 겨를이 없었다.

그 바람에 진황도의 청군은 함포 공격에 철저하게 무너져 내렸다.

반격이 없는 것을 확인한 조선군은 해병대 선발대를 투입했다.

"힘을 내라! 최대한 서둘러 해안에 도착해 거점을 확보한다. 우리가 얼마나 빨리 교두보를 확보하느냐에 따라 이번 작전의 성패가 달라진다! 힘을 내라!"

"영차! 영차!"

지휘관의 독려에 해병대는 악으로 구령을 외치며 노를 저었다. 그렇게 쑥쑥 앞으로 나간 보트가 해안에 미처 도착하기도 전에 장병들이 뛰어내렸다.

첨벙! 첨벙!

"돌격하라!"

탕! 탕! 탕! 탕!

함포 공격에 반격은 없었다.

그러나 진황도에 청군이 없는 것은 아니어서, 해병대는 상륙과 동시에 이들을 제거해 나갔다. 청군은 이런 해병대의 공격에 제대로 반격하지도 못하고 죽어 나갔다.

청군의 소총은 구식이어서 바로 사격할 수가 없었다. 화약을 총구에 넣고 탄환을 장전한 뒤 쇠막대로 다져야 한다. 그런 뒤 심지에 불을 붙여서 대기하다가 사격을 한다.

청군은 조선군의 소총도 이런 과정을 거칠 거라고 예상하고 있었다. 그 바람에 소총을 들자마자 사격하는 조선군 공격에 속수무책 당했다.

해병선발대는 순식간에 해안가를 정리했다. 그런 선발대는 모래사장을 가로질러서는 엄폐할 곳을 찾아서 각자 거점을 확보했다.

개혁군주

탕! 탕! 탕! 탕!

그러고는 다시 장전해서 청군과 민간인을 가리지 않고 저격했다. 이러는 사이 뒤를 따라온 병력이 선발대가 마련한 교두보까지 도착했다.

선발대장이 소리쳤다.

"부대! 돌격, 앞으로!"

"와!"

"가자!"

해병대원들은 인정사정 보지 않았다.

이들은 전방에 얼쩡거리는 사람들은 무조건 사살했다. 이런 해병대의 공격에 놀란 청국 인부들은 사방으로 도망쳤다.

이러는 동안 해병대 병력이 쏟아졌다. 상륙한 해병대는 각자가 받은 임무대로 움직였다.

탕! 탕! 탕! 탕!

전면에 보이면 무조건 사살하며 전진했다.

사방으로 달려 나간 해병대는 부대별로 각자의 거점을 확보했다. 이들이 주요 거점을 확보하기까지 얼마 걸리지 않았다.

그렇게 거점을 확보한 해병대는 본격적으로 진황도의 내부를 훑어 나갔다.

"항복하라!"

"항복하면 살려 준다!"

해병대는 훈련에서 배웠던 몇 마디 한어를 외치며 수색을 해 나갔다. 이러한 권유에 손들고 나오는 사람들이 부지기수였다.

그러나 가옥에 의지해 저항하려는 청군도 의외로 많았다. 이런 청군에게 해병대는 새로운 화기인 수류탄으로 응대했다.

쾅!

조선군의 수류탄은 막대형이다.

수류탄은 늦게 개발되어 아직 수량이 많지 않아 해병대에만 우선 공급되었다. 그런 수류탄이 시가전에 최고의 위력을 발휘했다.

곳곳에서 폭탄 소리가 난무하자 저항을 포기하는 청군이 속출했다. 덕분에 시가지 수색은 속도를 더했으며, 그 과정에 아군이 희생되기도 했다.

해병대의 공격이 워낙 신속하게 진행되었다. 그 바람에 청군의 저항은 미미할 정도였다.

번쩍! 번쩍!

진황도를 점령하는 데 불과 한나절도 걸리지 않았다. 그렇게 교두보를 확보한 해병대가 육군에 신호를 보내왔다.

신호를 확인한 육군 수송선단이 항구로 배를 몰아갔다. 항구는 포격으로 상당히 부서져 있었으며, 정박해 있는 배도 대부분 파괴되어 있었다.

다행히 선착장 한 곳이 남아 있었다. 대포 등의 무거운 군수물자를 수송한 선박이 먼저 접안했다.

승선해 있는 병력이 하선해 항구를 정비했다. 해병대와 육군이 합심한 덕분에 항구 정비는 빠르게 마무리되었다.

이때부터 육군 병력이 쏟아져 내렸다.

인해전술

　이른 아침부터 시작된 상륙작전은 해가 지기도 전에 끝났다. 상륙작전이 쉽게 성공할 수 있었던 원인은 조선에 대한 청국의 오판 때문이었다.

　수군을 양성하고 유지하려면 막대한 군비가 소요된다. 청국은 조선이 대규모 함대를 양성하고 유지할 수 있다고 생각하지 않았다.

　그만큼 개혁 이전의 조선은 국력도 낮았고 군사력도 형편없었다. 청국은 그래서 처음과 달리 조선을 경계하지 않으면서 지금까지의 전투에서 허무할 정도로 쉽게 무너졌다.

　그럼에도 청국은 조선의 군사력을 제대로 인정하지 않고 있었다. 여기에 조선이 보유한 수군 전력에 대해 어떠한 방비도 하지 않았다.

이러한 오판 덕분에 상륙작전은 너무도 쉽게 대성공을 거뒀다. 상륙한 해병대와 육군은 진황도와 그 주변에 진지부터 구축했다.

진황도의 좌우로 하천이 흘렀다.

성이 없는 진황도는 이 하천들이 최고의 자연장애물이었다. 두 하천은 의외로 넓어서 쉽게 건널 수가 없었다.

조선군은 이러한 두 하천을 경계로 방어선을 구축했다. 진지와 참호 건설은 밤에도 불을 밝히며 진행되었다.

만리장성의 청군은 난감했다.

전혀 예상하지 못한 상륙작전에 후방이 그대로 무너졌다. 조선해병대의 기동력은 대단해서 장성의 청군이 손쓸 틈도 주지 않았다.

전광석화같이 상륙에 성공한 조선군은 밤을 낮 삼아 작업했다. 그렇게 진황도 일대를 요새화하면서 장성 일대 청군 턱밑에 칼을 들이댄 형국으로 만들었다.

만리장성의 80만 청군을 지휘하는 장수는 구문제독 파뢰(把賴)다. 구문제독의 정식 명칭은 제독구문보군순포오영통령(提督九門步軍巡捕五營統領)이다.

구문제독은 명칭대로 북경 내성의 9개 성문의 수비를 책임진다. 그러면서 5개의 군영을 두고서 북경의 치안과 소방 등을 총 책임지면서 황실 금군의 통령 역할도 한다.

개혁군주

품계도 영시위내대신의 바로 아래인 종1품으로 직할 병력도 3만에 이른다. 가히 북경성 내에서는 무소불위의 권한을 갖고 있는 자리다.

당연히 최측근 무장이 임명되었으며 황제에 대한 충성심도 대단했다. 이런 구문제독이 산해관의 병력을 지휘하러 나온 까닭은 청국 황제의 지엄한 명령 때문이다.

청국 황제는 파뢰를 신뢰했다.

황제는 부절을 하사하면서 조선군을 반드시 격멸하라는 명을 내렸다. 그뿐이 아니라 조선까지 쳐들어가 조선 국왕의 목을 가져오라는 명을 내렸다.

파뢰는 겨우내 병력을 고련시켜 나름대로 정병으로 만들었다. 그런 병력이 조선군의 양면 공격에 제대로 힘도 쓰지 못하고 뒤를 내주었다.

파뢰가 탁자를 주먹으로 내리쳤다.

쾅!

"이런 빌어먹을! 조선봉자 놈들이 정정당당히 맞싸우지 않고 어떻게 이렇게 간악한 수를 쓴단 말이더냐?"

그가 한동안 씩씩대다 확인했다.

"진황도의 조선군은 어떻게 하고 있는 게냐?"

부관이 대답했다.

"지금까지 불을 밝히며 진지를 구축하고 있사옵니다."

그가 머리를 두드리며 자책했다.

"으으! 우리가 너무 안일하게 생각했다. 조선 놈들이 바다로 공격해 오는 상황도 예상했어야 했는데 어떠한 대비도 하지 않았어."

청국 장수가 안타까워했다.

"정보의 부재입니다. 조선의 수군이 저 정도로 대규모 함대를 보유하고 있을 줄은 꿈에도 생각 못 했습니다."

"그러게 말이야."

부관이 조심스럽게 입을 열었다.

"대인, 조선은 십여 년 전부터 강남의 광주를 오가며 무역을 했사옵니다. 그러기 위해 서양으로부터 선박 건조 기술을 도입했고요. 송구하오나 그런 사실을 간과한 게 화근이었사옵니다."

파뢰가 거듭 자책했다.

"맞다. 광주도 그렇고, 상해까지 개발할 정도로 조선의 국력이 몰라보게 커졌어. 그런 사실을 조정이 간과했다면 나라도 챙겼어야 했어."

청군 장수가 문제를 거론했다.

"대인, 이제 와서 후회해야 무엇 하겠습니까? 지금 당장의 문제는 식량 수급입니다."

파뢰의 안면이 일그러졌다.

"그러고 보니 당장 군량이 문제로구나. 우리가 보유하고 있는 식량이 얼마나 되지?"

"대략 보름 정도 버틸 수 있는 수준입니다."

파뢰의 입에서 절로 신음이 나왔다.

"끄응! 겨우내 고생해서 80만 병력을 정병으로 만들었다. 그런 병력이 제대로 싸워 보지도 못하고 식량에 발목이 잡혀 버리게 되었구나."

다른 청군 장수가 그를 위로했다.

"제독 대인, 고정하십시오. 아직은 우리 병력이 건재합니다. 장성 밖의 조선군이 한나절의 포격을 가해 왔지만 사상자가 생각보다 적게 발생했습니다. 이대로라면 조선군의 포격에 충분히 견딜 수 있사옵니다. 문제는 식량이지만 이도 방책을 강구하다 보면 분명 길이 있을 것이옵니다."

다른 장수도 거들었다.

"그렇사옵니다. 진황도가 점령당한 사실은 뼈아픕니다. 그러나 지금 와서 그걸 아쉬워한다고 해서 달라질 건 없습니다. 그리고 당산성에는 더 많은 군수물자가 모여 있음을 유념하십시오."

파뢰가 탁자를 손바닥으로 쳤다.

짝!

"맞아. 진황도보다 더 중요한 거점인 당산성이 남아 있었지."

"조선군이 점유한 지역은 진황도와 그 주변에 불과합니다. 우리는 저들이 점령한 지역을 포기하면 됩니다. 그 대신 서둘러 북부 방면을 장악하고는 그리로 군수물자를 운반하면 되옵니다."

다른 장수가 이의를 제기했다.

"쉽지 않은 일입니다. 이번에 상륙한 조선군의 숫자가 많습니다. 더구나 기병까지 대동하고 있고요. 그런 조선군이 우리의 군수품 수송을 그냥 두고 보지 않을 겁니다."

포로의 안면이 다시 일그러졌다.

"맞아. 조선군이 기병까지 상륙했었지?"

"예. 확실한 숫자는 파악되지 않았지만 1만 두 이상의 말도 하선했다고 합니다."

"말이 그렇게나 많이 하선했어?"

"예, 그렇습니다."

"끄응! 그러면 기병이 1만 이상이란 말인데, 상황이 만만치가 않구나. 저들이 기병까지 상륙시킨 이상 우리의 군수품 수송을 그냥 두고 보지는 않을 거야."

이의를 제기했던 무장이 건의했다.

"제독 대인! 특단의 대책을 강구해야 하옵니다. 그렇지 않으면 진황도의 조선군이 병력을 동원해 우리의 퇴로마저 끊어 버릴 가능성이 높습니다."

구문제독 파뢰의 목소리가 차가워졌다.

"특단의 대책이라니, 그대는 지금 무엇을 염두에 두고서 그런 말을 하는 건가?"

구문제독의 목소리가 차가워지자 청군 장수의 안색이 대

번에 변했다. 그 바람에 잠시 머뭇거리던 그가 용기를 내어 입을 열었다.

"진황도의 조선군을 상대하지 않는다면 우리 병력은 고립될 수밖에 없습니다. 그렇게 되지 않으려면 병력을 대거 차출해 북부 방면에 새로운 방어선을 구축해야 하옵니다. 그래야만 보급선을 유지할 수 있습니다."

현실적으로 맞는 지적이었다.

그러나 그렇게 하려면 적어도 이삼십만의 병력을 차출해야 한다. 그러면 당장 장성을 사이에 둔 조선군의 공세를 막아 내는 일이 문제가 된다.

파뢰가 그 점을 지적했다.

"귀관의 제안은 일리가 있다. 그러나 그렇게 하려면 만리장성의 방어가 문제가 된다."

"결코 그렇지 않습니다. 만리장성은 난공불락의 방어벽입니다. 그동안 우리는 조선군의 화포 공격에 대비해 많은 준비를 해 놓아서 저들이 포격만으로 장성을 넘을 수는 없사옵니다."

이 말에 모든 청군 장수가 동조했다. 파뢰도 이 부분에서는 자신만만했다.

"맞는 말이다. 조선군의 화력이 지금 정도라면 충분히 버텨 낼 수 있다."

"예, 대인. 하오니 보급선을 구축하기 위한 결단을 내려

주십시오. 시급히 북쪽으로 병력을 보내 방어선을 구축해야
합니다."

"흐음!"

파뢰는 휘하 장수의 말에 동조는 하면서도 쉽게 결정을 내
리지 못했다. 병력 배치를 변동한다면 장성 방어에 문제가
생길 거 같았기 때문이다.

한동안 고심하던 그가 손짓을 했다.

"쉽게 결정할 사안이 아니다. 그러니 오늘은 그만 물러들
가라. 그 문제는 내 심각하게 고민해 보겠다."

다른 장수가 권했다.

"제독 대인, 한시가 급하옵니다. 하오니 당장이라도 병력
을 돌리도록 허락해 주십시오."

파뢰가 다시 손을 저었다.

"그만! 오늘은 밤이 깊었으니 그 문제는 내일 다시 논의하
기로 하자."

많은 청군 장수들이 아쉬워했다.

그러나 파뢰는 황제에게 전권을 부여받은 최고의 지휘관
이다. 그런 그의 거듭된 지시를 거부할 수 있는 사람은 아무
도 없었다.

이날의 논의는 아무런 결론도 내지 못하고 끝났다. 이러한
구문제독의 방심은 다음 날 바로 재앙으로 돌아왔다.

개혁군주

다음 날 새벽.

쾅! 쾅! 쾅! 쾅!

밤늦게 뒤척이다 겨우 잠든 파뢰는 갑작스러운 포격 소리에 화들짝 깼다. 그가 자리에서 일어난 것을 확인한 부관이 황급히 뛰어 들어왔다.

"제독 대인, 큰일 났습니다. 조선군이 대대적인 포격을 시작했사옵니다."

"뭐야! 조선군이 이 새벽부터 화포 공격을 재개한 거야?"

"그렇습니다. 그런데 장성 너머가 아니라 조선 수군이 영해성과 위해성을 포격하고 있사옵니다."

파뢰가 벌떡 일어났다.

"뭐야! 조선군이 함포사격을 하고 있단 말이야? 그것도 해안 쪽의 성들을?"

"그렇사옵니다."

이어서 다른 무관도 뛰어 들어왔다.

"대인! 장성 너머의 조선군이 영해성과 위해성을 집중 포격하고 있사옵니다!"

파뢰가 주먹을 움켜쥐었다.

"이런, 큰일이구나. 조선군이 수륙에서 두 성을 공략하고 있단 말이더냐?"

"그렇사옵니다."

청군으로선 예상 못 한 양면 공격이었다. 파뢰는 잠시 당황해하다가 이내 투구를 집어 들었다.

"가 보자."

만리장성의 끝은 노룡두(老龍頭)다.

만리장성은 해안까지 내리뻗어 있는데, 그 형상이 늙은 용이 바다로 머리를 내민 것 같다고 해서 지어진 이름이다.

그런 노룡두와 접한 성이 영해성이다.

그런데 이 영해성과 맞닿은 만리장성은 일직선이 아니다.

산해관을 지난 만리장성은 남쪽 요새인 남익(南翼)을 지나 위해성과 만난다. 그리고 해안을 따라 완전히 굽어 들어가다 영해성을 거쳐 노룡두에서 끝난다.

이렇듯 만리장성은 주변 지형을 최대한 활용해 지어졌다.

그렇기에 이런 영해성과 위해성이 동시에 포격을 받고 있다는 건 조선군의 주공이 해안 지대란 의미였다.

파뢰가 허겁지겁 산해관성을 나왔다. 그러나 그는 얼마 가지도 못하고 다시 돌아와야 했다.

쾅! 쾅! 쾅! 쾅!

기다렸다는 듯 조선군의 포격이 대대적으로 진행되었다. 조선군의 포격은 첫날보다 더 무차별적으로 진행되었다.

청군도 나름대로 대비를 했다.

겨우내 모래주머니를 쌓았으며, 유폭에 대비해 화약을 성곽 아래로 분산 배치했다. 병력도 한꺼번에 장성 위로 올려 보내지 않으면서 피해를 최소화하려 노력했다.

그러나 이러한 대비도 시간이 지나면서 차츰 무용지물로 변해 갔다.

조선군 포격에 가장 많은 피해를 입은 곳은 위해성이다.

위해성은 다른 장성 요새와 달리 요서 방면으로 성이 튀어 나가 있었다. 그리고 다른 성보다 규모가 작아 포격이 집중되었다.

산해관은 난공불락이었다. 그만큼 만리장성의 성벽은 높고 넓어서 점령을 허용하지 않았다.

북방 부족의 주력은 기병으로 기동력이 최대 강점이다. 기동력을 살리기 위해서는 중화기를 갖고 다닐 수 없다.

명나라는 이런 상황을 고려해 두 번이나 장성을 개축하면서 침략에 대비했다. 그리고 그러한 방어 전략은 성공을 거뒀었다.

청국도 그러한 성과를 참고해 요서 방면의 공격에만 적극 대비했다. 그 결과 영해성과 위해성은 조선 수군의 포격에 일방적으로 당해야 했다.

집중 공략을 당하던 위해성이 먼저 무너질 위기에 처했다. 그러나 조선군의 공격은 이것만이 다가 아니었다.

"진황도의 조선군이 진격해 온다!"

"진형을 새로 구축해라!"

산해관의 뒤로는 연산산맥에서 흘러내리는 강줄기가 있었다. 이 강의 이름은 석하(石河)로, 폭이 대략 100여 미터에 이른다.

평상시 강은 산해관의 젖줄 역할을 한다. 그러다 전시에 장성이 무너지면 잠깐이나마 적의 침입을 막는 일종의 방어선이 된다.

그런데 그러한 석하가 지금 청군에게 거꾸로 족쇄가 되었다.

청군은 강의 주변에 집결해 있었다.

그런데 진황도의 조선군이 공세로 나오니 바로 강이 걸림돌로 변한 것이다. 물론 강에는 이십여 개의 부교가 놓여 있었으니, 이 정도만으로는 병력을 쉽게 이동시키지 못했다.

조선해병대는 침착하게 해안부터 청군을 옥죄어 들어갔다. 그런 해병대의 뒤를 이어 육군 병력도 움직였다.

이어서 기병 병력도 기동했다.

그런데 기병의 움직임은 다른 두 부대와는 달랐다. 이런 조선군의 움직임은 그대로 구문제독 파뢰에게 전해졌다.

"대인! 큰일 났사옵니다. 진황도의 조선군이 본격적으로 기동을 하고 있습니다."

파뢰가 크게 놀랐다.

"뭐야! 조선군이 우리를 포위하려고 한단 말이더냐?"

"그것은 확실히 모릅니다. 다만 기병이 북방으로 움직이고 있는 건 확실합니다."

파뢰가 격하게 분노했다.

"이런! 왕빠딴(王八蛋) 같으니라고. 그게 그거지, 뭐가 확실하지 않다는 거야? 당장 우리 기병을 출동하고 병력을 북쪽으로 보내도록 해! 조선군이 북쪽을 막으면 우리는 그야말로 끝장이야!"

"알겠습니다."

전날과 달리 파뢰는 거침없이 명령했다.

그의 지시를 받은 일단의 병력이 장성을 가로질렀다.

장성 위로 이동하는 병력 중 기병도 상당해서, 멀리서도 병력 이동이 보였다. 조선군은 이런 청군의 병력 이동을 지켜만 보지 않았다.

쾅! 쾅! 쾅! 쾅!

만리장성의 성벽은 열 명이 함께 지나도 될 정도로 넓다. 그런 장성으로 포격이 집중되면서 무수한 병력이 죽어 나갔다.

그런 피해를 당하면서도 청군은 최선을 다해 이동했다. 이뿐이 아니라 석하의 건너편에 군영을 꾸리고 있던 병력도 대거 북방으로 이동했다.

이런 결사적인 노력 덕분에 청군이 먼저 방어선을 구축할 수 있었다. 뒤이어 산해관의 병력이 쏟아지면서 이중삼중의 방어선을 구축했다. 그리고 그와 동시에 당산성과 산해관의 보급선도 연결되었다.

그러나 이들은 이내 무지막지한 공격을 당해야 했다.

퐁! 퐁! 퐁! 퐁!

조선 기병은 청군의 진로를 막지 않았다.

조선 기병은 청군과 격돌하지 않고 최대한 피해를 입힐 계획이었다. 그래서 청군이 방어선을 구축할 때를 기다려 박격포 공격을 시작했다.

당산성과 만리장성 사이는 평원이었다. 그렇다고 은폐물이 전혀 없지는 않았으나, 곡사화기인 박격포의 공세에는 그대로 노출되었다.

꽈꽝! 꽝! 꽝!

2개의 기병여단은 이런 상황을 대비해 박격포를 최대한 많이 가져왔다. 그렇게 가져온 박격포는 겨우내 구축해 놓은 진지를 벗어난 청군에게 재앙이 되었다.

두더지가 땅굴을 나온 형국이었다. 평원에, 그것도 참호도 없이 방어선을 구축한 청군은 피할 곳도 마땅히 없었다.

그렇다고 보병 병력이 기병을 상대로 벌판에서 싸울 수는 더더욱 없었다. 아무 준비도 없이 벌판으로 나온 청군은 조선군의 박격포에 무참히 깨져 나갔다.

이러는 동안 진황도를 나온 조선 육군이 진격해 왔다. 그렇게 밀고 올라온 육군은 청군 방어선에 대응한 참호 구축을 시작했다.

육군은 부지런히 참호를 팠다.

4월의 북방은 언 땅이 녹을 때여서 참호 작업은 의외로 어렵지 않았다. 참호 작업을 하면서 교통호도 함께 구축해 연결했다.

청국은 요서에 좁게 유조변장을 쌓았다. 이렇게 한 이유는 해안 일대만 평지였기 때문이다.

이 지역을 요서회랑, 또는 요서주랑(遼西走廊)이라 부른다. 이런 요서주랑 중 연산산맥이 가장 아래까지 내려온 지점에 산해관이 있다.

그래서 청국과 조선군이 방어선을 구축한 지역이 주변에서 가장 좁은 곳이었다.

세자가 군사지도로 아군의 병력 배치를 살펴보고 있었다.

"예상대로 청군이 구축한 북쪽 방어선이 깊지가 않군요."

백동수가 지휘봉으로 지도를 짚었다.

"이 일대가 요서주랑에서 가장 좁은 구간입니다. 그런 지형 때문에 청국의 방어선이 이렇게 내려와 있는 것입니다."

"저들이 방어선을 뒤로 물리지는 못하겠지요?"

"할 수는 있습니다. 지도에서 보시는 대로 연산산맥이 산해관을 지나면서 급격히 위로 올라가니까요. 그러나 그렇게 방어선을 구축하면 아무 쓸모가 없어집니다."

이런 설명과 함께 당산과 방어선 등을 일일이 짚어 주었다. 세자가 크게 고개를 끄덕였다.

"옳은 말씀입니다. 청군에 방어선은 군수품 보급을 위해서니 멀리 돌아가게 할 수는 없지요."

"그렇습니다. 보고에 따르면 위해성이 무너지기 일보 직전이랍니다."

"오오! 그거 아주 잘되었군요. 석하로 공격해 들어간 해병대는 어떻게 되었습니까?"

"직접 교전은 벌이지 않고 압박만 하고 있는 상황입니다. 곧 포대가 배치되면 대대적인 포격을 진행할 계획입니다."

세자가 작전지도를 다시 살폈다.

지도에는 해병대 병력이 석하 방면 청군을 압박하고 있는 표시가 놓여 있었다. 그런 해병대의 뒤로 포병부대 표시가 도열되고 있었다.

"포격을 시작하면 청군이 쉽게 반격하기 어렵겠습니다. 저들의 화기가 전부 만리장성에 거치되었을 테니까요."

"맞습니다. 청군은 지금 변변한 화기도 없는 상황입니다. 저하의 지적대로 포격이 시작된다면 그 피해를 고스란히 감당해야 할 겁니다."

"피해가 축적되면 아군을 향해 공격을 감행하지 않을까요?"

총참모장이 고개를 저었다.

"무모한 짓입니다. 청군의 무기는 칼과 창뿐으로, 활은 물론 조총도 없는 병력입니다. 그런 병력으로 우리 해병대를 공격한다는 건 그냥 죽겠다는 소리나 다름없는 일입니다."

백동수의 생각은 달랐다.

"총참모장. 그렇다고 해도 저들은 당장의 돌파구가 필요한 입장이야. 그런 청국이 병력 손실을 걱정할 거 같아?"

"장관님은 청국이 우리와의 교전을 강행할 거라고 보시는군요."

"그래. 우리의 포격이 시작되면 저들은 결정을 해야 해. 강을 건너 산해관으로 도주하든지, 아니면 우리와 결전을 하든지. 그런 상황이 되면 저들은 분명 전투를 택하게 될 거야."

총참모장은 연신 고개를 갸웃했다.

"계란으로 바위 치기입니다. 엄청난 인명 피해가 자명한 상황에서 그런 악수를 둘 장수가 있겠습니까?"

세자가 나섰다.

"저는 백 장관의 말씀대로 될 거 같네요. 인해전술(人海戰術)이란 말을 총참모장님께서는 아실 겁니다."

총참모장이 즉각 대답했다.

"저하께서 저술하신 전술교범에 나온 용어로 알고 있습니다. 무기나 전술이 아닌 인력으로 전투에서 우위를 점하는 방식으로 알고 있습니다."

"맞습니다. 그런데 그런 인해전술이 지금의 청군이 할 수 있는 가장 좋은 전술 아닐까요?"

총참모장이 한 대 맞은 표정을 했다.

"아!"

"청군은 80만 병력입니다. 그런데 그 병력이 우리가 상륙작전에 성공하면서 압박을 받고 있어요. 자칫 고사할 위기에 처한 청국이 난국을 타개하기 위해서는 무엇이라도 해야 하지 않을까요?"

총참모장이 자책했다.

"저희 생각이 짧았습니다. 우리 참모들도 청국이 어떤 방식으로든 도발할 거라 생각하고 있습니다. 그래서 청군을 북쪽으로 몰려 하는 것이고요. 그런데 저들이 인해전술로 공격해 올 거라고는 솔직히 예상 못 했습니다."

"우리 조선은 인명을 중시합니다. 그래서 인해전술과 같은 무모한 전략을 생각하기 힘들지요. 그러나 청국은 우리와 생각 자체가 다르다는 점을 아셔야 합니다. 3억이 넘는 인구를 갖고 있는 저들은 목적을 위해서는 수십만의 목숨도 그냥 버릴 수 있는 자들입니다."

총참모장의 안색이 어두워졌다.

"그 점을 간과했습니다. 만일 청국이 인해전술로 나온다면 우리가 취하고 있는 공격 형태가 문제가 될 수 있습니다."

세자가 고개를 저었다.

"거꾸로 생각하세요. 저들이 인해전술을 들고나온다는 건 만리장성을 포기한다는 의미입니다. 그래서 인해전술이 우리에게 꼭 나쁜 것만은 아니에요."

"그러나 상륙한 병력이 10만입니다. 이 병력이 자칫 큰 피해를 당할 수가 있습니다."

"그러지 않게 해야지요."

"어떻게 말입니까?"

세자가 지휘봉을 들었다.

"저들도 지금 당장 그런 전술을 들고나오지는 않을 겁니다. 아마도 며칠은 버티면서 국면을 전환하려고 발버둥을 칠겁니다. 그러니 지금은 대대적인 포격으로 저들의 예봉을 확실히 꺾어 놓을 필요가 있습니다. 그리고 장성 너머에 있는 우리 본진과 유기적인 작전을 펼치면서……."

세자는 작전지도를 보며 한동안 설명했다.

그 설명을 들은 총참모장은 곧바로 참모 회의를 소집했다. 그렇게 소집된 참모들은 세자의 제안에 대해 난상토론을 벌였다.

전투에서는 수많은 변수가 발생한다.

작전 계획은 그런 변수를 상수로 만들기 위한 계획을 수립한다. 그래도 문제가 발생하면 수시로 계획을 변경하며 승리를 위해 노력한다.

대개의 인재들은 왕왕 자신의 능력을 믿고 아집에 빠지기도 한다. 이런 아집과 독선은 전쟁의 패전은 물론 국가 존망의 위기도 초래한다.

그러나 조선군 참모들은 달랐다.

참모들은 처음부터 세자에게 새로운 전략 전술을 교육받아 왔다. 세자는 참모들에게 늘 독선과 아집을 경계하도록 교육했다.

이런 교육이 주효해, 조선군 참모들은 일반 무관들보다 더 생각이 열려 있었다. 그런 참모들은 인해전술에 대한 준비 소홀을 자책하면서도 세자의 제안을 적극 받아들였다.

변경된 작전은 곧 전군에 하달되었다. 작전 지시서를 받아든 지휘관들은 즉각 병력을 독려했다.

쾅! 쾅! 쾅! 쾅!

무지막지한 포격전이 시작되었다.

조선군은 보유한 모든 화기를 동원해 청군을 밀어붙였다. 가뜩이나 조선군의 화기에 밀리던 청군은 제대로 대응도 못하고 엄청나게 갈려 나갔다.

특히 석하 방면으로 진출한 해병대는 참호를 나와 공격을 감행했다. 이러한 해병대의 공세에 청군도 나름대로 최선을 다해 방어했다.

그러나 칼과 창만으로 총을 이길 수는 없었다. 해병대의 공세에 방어하던 청군은 쪼개지듯 허물어지면서 석하 너머로 도주했다.

해병대는 그런 청군을 강까지 추격했다. 그러고는 수류탄을 투척해 부교를 폭파했다.

쾅!

청군도 부교를 튼튼하게 부설했다.

그 바람에 10여 발이 투척되고서야 단단하게 연결된 부교가 끊어졌다. 끊어진 부교는 해병대가 달려들어 완전해 해체해 버렸다.

부교는 만리장성에 배치된 청군의 목줄이나 다름없다. 이런 부교의 폭파는 청군에게 엄청난 압박으로 작용했다.

모든 부교가 폭파되면 만리장성의 청군은 그대로 고립된다. 이런 사정을 알고 있는 청군도 최선을 다해 부교를 사수하려 했다.

그러나 화력의 열세가 너무 심했다. 청군이 아무리 사수하려 해도 부교는 차례로 폭파되어 갔다.

그럴수록 청군의 저항 강도는 높아졌다. 그러나 화력의 우세를 앞세운 해병대의 공격을 견뎌 내는 데에는 한계가 있었다.

사흘 동안 7개의 부교를 폭파되었다.

그러는 동안 무수한 청군이 사살되었다. 연일 이어지는 교전으로 석하 주변은 시산혈해로 변한 지 오래였다.

❀

7개째 부교가 파괴된 밤.
구문제독 파뢰의 고심은 깊어졌다.

그는 측근 장수들을 불러 대책을 강구하려 했다. 그러나 집결한 장수 누구도 뚜렷한 방안을 제시하지 못하였다.

파뢰가 길게 한숨을 내쉬었다.

"후! 정녕 대책도 없이 이렇게 일방적으로 당하고 있어야 한단 말인가?"

"……."

그러나 장수들은 서로의 눈치를 보며 우물쭈물했다.

그런 모습을 본 파뢰가 고함을 쳤다.

쾅!

"지금 대체 뭣들 하는 거야? 이대로 가다간 앉아서 죽어야 할 판국인데 아직도 서로 눈치나 보고 있다니. 정녕 모두들 온갖 치욕을 당하면서 죽어도 된다고 생각하는 거야?"

파뢰의 최측근이 서둘러 나섰다.

"아닙니다. 여기 있는 누구도 그런 꼴을 당하고 싶은 사람은 없습니다."

"그런데 왜 이렇게 눈치만 보고 있는 거야?"

"송구하오나 난국을 타개할 뚜렷한 방책이 생각나지 않사옵니다. 솔직히 소장은 조선군의 화력이 이토록 대단한 줄 몰랐사옵니다."

다른 장수가 동조했다.

"지난 사흘간의 격전으로 3만이 넘는 사상자가 발생했사옵니다. 반면에 조선군의 피해는 경미하고요. 쌍방이 정면 격돌을 했음에도 이 정도로 격차가 크게 발생한 건 화력 때문이옵니다."

최측근 장수가 다시 나섰다.

"맞습니다. 조선은 우리와는 전혀 다르게 병력을 운용하고 있습니다. 그로 인해 우리가 알고 있는 병법이 전혀 먹혀들지 않고 있사옵니다. 아군의 피해가 시간이 지날수록 커지는 이유가 바로 거기에 있사옵니다. 이대로라면 대인의 우려대로 우리 본진이 고립될 수도 있사옵니다."

파뢰가 신음을 터트렸다.

"끄응! 우리 군사력이 조선에 밀린단 말이구나. 정녕 우리 대청이 하찮은 조선에 열세란 말이야?"

"안타깝지만 그게 현실입니다. 우리가 조선군에 앞선 것은 오직 하나뿐입니다."

파뢰의 눈이 커졌다.

"앞선 게 있다니. 그게 뭔가?"

최측근 장수가 당당히 대답했다.

"병력의 숫자입니다."

파뢰의 안면이 와락 일그러졌다.

"지금 무슨 말을 하는 건가? 겨우 병력 숫자가 앞선 것을 지적한다고 달라질 건 없어."

"절대 그렇지 않습니다. 지금의 상황에서 병력마저 밀린다면 우리는 버텨 내기 어렵사옵니다. 하오니 저들보다 병력이 월등할 때 무슨 수를 내도 내야 하옵니다."

파뢰가 한숨을 내쉬며 고개를 저었다.

"하아! 지금까지 사상자가 무려 5만이 넘어. 귀관이 지적한 병력의 우위도 시간이 지나면 사라질 위기에 처해 있단 말이야."

최측근 장수가 놀라운 제안을 했다.

"대인, 너무 상심 마십시오. 병법에서 대병은 작전도 필요 없다고 했사옵니다. 하오니 저들을 압도하는 병력을 활용할 방법을 강구하면 지금의 난국을 타개할 방도가 나올 수도 있사옵니다."

파뢰의 눈이 번쩍 떠졌다.

"병력의 우위를 활용하자는 말이더냐?"

"지금으로선 그게 최상이옵니다."

다른 장수가 반대했다.

"아니 되옵니다. 병력의 우위를 이용하기 위해서는 산해관의 병력까지 동원해야 합니다. 그리되면 만리장성의 방어력이 현격히 낮아지게 됩니다. 대인, 우리의 목표는 만리장성의 방어임을 잊지 마시옵소서."

최측근 장수가 강력히 나왔다.

"꼭 그렇지 않사옵니다. 요서 지역 조선군이 포격을 시작한 지 벌써 며칠입니까? 그럼에도 장성은 의외로 굳건히 버티고 있음을 유념하시옵소서."

개혁군주

파뢰가 고개를 저었다.

"아니야. 위해성이 무너졌어. 거기다 영해성도 수륙 양쪽의 공격을 받아 성으로서의 기능을 거의 상실한 상황이야."

"위해성은 만리장성 밖입니다. 영해성의 사정은 안타깝지만, 두 성이 포격으로 무너진 잔해로 인해 조선군이 그 방면으로 진군이 어렵게 되면서 오히려 도움이 되고 있는 상황입니다. 그런 사정을 감안한다면 아직 장성은 충분히 버틸 만합니다."

이 점은 파뢰도 인정했다.

"그건 그래. 위해와 영해성의 무너진 잔해가 조선군의 발목을 잡았으니 그나마 불행 중 다행이야."

조선군은 해안 공략에 주력했다.

이 계획에 따라 위해성과 영해성의 공략에 수륙 양쪽이 동원되었다. 며칠 동안 이어진 포격으로 두 성이 기능을 대부분 상실했다.

그런데 의외의 상황이 발생했다. 무너진 성벽의 잔해가 워낙 많아 조선군의 발목을 잡은 것이다.

물론 대규모 병력을 투입해 잔해를 제거할 수는 있다. 하지만 청국이 그런 상황을 그냥 두고 볼 리는 만무했다. 그럼에도 수군의 함포 포격이 더해진다면 길을 뚫을 수 있었다.

바로 이때.

조선군의 작전 계획이 대대적으로 바뀌었다. 세자가 제기한 인해전술 때문이었다.

　작전 계획이 변경되면서 해안 공략이 잠정적으로 중단되었다. 그 대신 해병대와 포병을 동원해 강변의 청군을 밀어붙이고 있었다.

　조선군은 새로 수립된 계획에 따라 공격 목표가 변경된 것이다. 이러한 사정을 모르는 청군은 자신들의 편의에 따라 상황을 곡해하고 있었다.

　파뢰의 반응을 본 다른 장수가 거들었다.

　"제독 대인. 전군을 동원해 조선군을 밀어붙이는 건 어떻게 생각하십니까?"

　파뢰의 눈이 커졌다.

　"전군을 동원하자고?"

　"그렇사옵니다. 장성은 높고 험합니다. 그래서 지키려고 마음만 먹는다면 요서의 조선군이 쉽게 공략할 수 없습니다. 그러니 장성을 방어할 최소한의 병력을 남기고, 전군을 모조리 동원해 상륙한 조선군과 결전을 벌이는 겁니다. 그렇게 되면 병력이 부족한 조선군이 버텨 내기 어려울 겁니다."

　최측근 장수도 적극 거들었다.

　"소장의 생각도 그게 최선으로 보입니다."

　파뢰의 귀가 솔깃해졌다.

　"모든 병력을 동원해 결전을 벌여 보자?"

　"예, 대인. 상륙한 조선군의 숫자는 십만여입니다. 하오니 장성을 방어할 5만 정도의 병력을 제외한 전 병력을 동원해 저들과 결전을 벌이면 분명 승산이 있사옵니다."

"으음!"

파뢰의 귀가 솥뚜껑처럼 커졌다.

그것을 본 최측근 장수는 목소리를 높여 그를 설득했다.

"조선군의 기병이 1만 정도입니다. 그런데 다행히 땅이 질어 기병이 제대로 운신하지 못하는 상황입니다. 그리고 포병도 배치를 옮기기가 결코 쉽지가 않은 상황이고요."

"맞다. 땅이 질어진 것도 우리에게 유리한 상항이지?"

"그렇습니다. 지금까지는 병력 손실을 우려해 그런 이점도 제대로 활용 못 했습니다. 하오니 이번에는 그런 지리적 이점까지 활용한 대공세를 벌일 때가 되었습니다."

청군 장수가 파뢰가 앉아 있는 탁자로 다가갔다. 그러고는 탁자에 놓인 지도를 짚어 가며 설명했다.

"조선군은 지금 북쪽에 일단의 병력을 배치해 놓고 우리와 대치해 있습니다. 그리고서 강의 하구부터 병력을 밀어붙이고 있고요. 만일 우리가 부교를 이용해 전면전을 벌인다면 조선군의 이 두 축을 결딴낼 수 있사옵니다."

파뢰가 눈을 빛냈다.

"조선군의 배치 상황을 이용하자는 말이구나?"

"그렇사옵니다."

다른 장수가 이의를 제기했다.

"70만 병력을 일제히 동원하려면 며칠간의 준비가 있어야 합니다. 그런 시간에 조선군이 우리의 움직임을 알고 북쪽 병력을 철수하면 문제가 되지 않겠습니까?"

모두의 시선이 제안을 한 장수에게 쏠렸다. 그런 시선을 받으며 청군 장수는 고심했다.

"……충분히 가능한 상황입니다. 그렇다고 해서 조선군이 늘어난 것은 아닙니다. 적을 분리할 이점이 사라진 건 안타깝지만, 전체 병력이 달라지지는 않습니다. 만일 조선군이 우리의 움직임을 알고 대비한다면 우리도 북방 병력까지 가세해서 움직일 수 있는 이점이 있습니다."

"아! 맞습니다."

"그리고 북쪽의 조선군이 철수하면 우리의 도강 속도는 훨씬 더 빨라질 수 있습니다."

파뢰가 탁자를 내리쳤다.

"좋다. 그렇게 하자. 지금까지의 그 어떤 작전보다 이번이 가장 승전의 가능성이 높다. 모두는 들으라."

"예, 대인."

"지금 즉시 전군의 재편을 논의하라. 조선군이 우리의 움직임을 눈치채지 못하도록 병력 이동은 밤을 이용해야 한다."

"알겠습니다."

드디어 청국이 결단을 내렸다.

파뢰와 청군 장수들은 이날 늦게까지 병력 재편을 논의했다. 그렇게 합의한 결정은 신속히 각 부대로 전달되었다.

회의에 참석한 장수들도 자신들의 부대로 돌아가 병력을 이동했다.

청군은 지금까지 거의 대부분 병력 이동이 한 발씩 늦어왔다. 그런데 이번만큼은 놀랍도록 빠른 움직임을 보였다.

그러나 이러한 청군의 움직임은 시작하자마자 조선군에 발각되었다.

혈전

전투가 격해지면서 조선군 지휘부 막사는 늦은 밤까지 불
이 꺼지지 않았다.

그런 막사로 참모가 급히 달려들었다.

"총참모장님! 해병수색대로부터 급보가 당도했사옵니다."

총참모장이 참모로부터 받은 보고서를 세자에게 전달했다.

그것을 받은 세자가 주먹을 움켜쥐었다.

"드디어 청국이 병력을 움직였어요. 그것도 전 병력이요."

백동수가 급히 보고서를 받아들었다.

"그렇군요. 저하의 예상이 맞았습니다."

세자가 백동수를 바라봤다.

"우리도 서둘러야겠지요."

"물론입니다. 총참모장은 지금 즉시 전 병력에 전령을 보내도록 하게. 인해전술에 따른 병력 이동을 시작하라고 말이야."

"알겠습니다."

청군의 움직임에 맞춰 조선군도 병력 이동을 시작했다. 조심스럽게 움직인 청군과 달리 조선군은 대놓고 병력을 이동시켰다.

그것을 본 청군은 자신들의 계획이 노출되었다는 사실을 알았다. 그러자 그들도 대놓고 병력을 이동하면서 병력 재편이 빨라졌다.

그럼에도 며칠의 시간이 걸렸다.

조선군은 이 시간을 귀중하게 사용했다. 모든 병력을 동원해 열 겹이 넘는 참호 방어선을 구축했다.

상륙했던 진황도와 그 주변으로 수십 미터의 가산까지 구축했다. 그런 가산에는 목재까지 활용한 몇 겹의 참호와 교통호가 만들어졌다.

조선군은 밤에도 교대로 잠을 자며 방어 준비를 했다. 세자를 위시한 최고지휘부도, 최하급 무관도 솔선수범하며 방어선을 구축했다.

병사들은 고된 작업이 이어짐에도 누구도 불평하지 않았다. 이들은 이번 전쟁에서 절대 패하면 안 된다는 사실을 너무도 잘 알고 있었다.

이런 노력 덕분에 진황도 일대에 거대한 방어선이 구축되었다.

불과 며칠 만에 만들어진 방어선은 완벽하지는 않았다. 그러나 누구도 쉽게 뚫을 수 없는 방어선을 구축하는 데 성공했다.

청군도 신속히 움직여 며칠 동안 부교 주변으로 병력을 총집결시켰다. 이미 도강을 마친 북쪽 병력은 수시로 정찰병을 파견해 이런 이동을 도왔다.

❀

장인수 소위는 해병대 소대장이다.

지난해 임관한 그는 수색대를 자원했다.

해병대는 훈련이 힘들기로 악명 높았음에도 지원자가 넘쳐 났다. 그런 지원자들을 물리치고 해병대에서 임관한 장인수는 수색대로 배정되었다.

그 바람에 훨씬 더 많은 훈련을 받아야 했다. 그러나 장인수는 조금의 불만도 없이 소대원들을 독려하며 훈련을 소화해 냈다.

그리고 이번 상륙작전에서는 선봉을 맡아서 대활약을 했다. 상륙 이후에도 그는 소대원들과 수시로 정탐을 나가 귀한 정보를 입수해 왔다.

장인수의 소대는 정찰을 하면서 청군과 수시로 교전을 벌여야 했다. 이어서 벌어진 청군과의 치열한 접전에서도 훌륭한 역할을 수행해 냈다.

그러다 방어선 구축과 함께 해병대가 전방을 맡게 되었다. 장인수가 소속된 수색중대는 그런 해병대의 선두에서 방어선을 담당했다.

조선군의 방어선 구축은 며칠 동안 진행되었다. 그러나 해병대가 담당한 전방방어선은 일찌감치 구축을 마치고 병력이 배치되어 있었다.

장인수의 소대가 방어선에 투입되고 사흘이 지났다. 그의 소대가 야간 경계를 담당하면서, 그는 병사들과 함께 밤을 새워 경계에 임했다.

이날도 장인수의 소대는 초저녁에 임무 교대를 했다. 초저녁에 시작한 경계근무는 시간이 지나면서 느슨해질 수밖에 없다.

소초에서 교대 병력과 대기하던 장인수는 자정이 넘으면 늘 순찰을 돌았다. 그렇게 순찰을 돌다 보면 머리를 꾸벅이는 병사들이 있기 마련이었다.

이날도 중간쯤에서 조는 병사를 발견했다.

장인수가 병사에게 다가갔다. 인기척을 느낀 병사는 화들짝 놀라 깨어났으며 이내 고개를 숙였다.

"죄송합니다, 소대장님."

장인수는 병사를 다그치지 않았다.

"연일 야간 경계를 서느라 많이 피곤하지?"

"아닙니다. 괜찮습니다."

"교대 시간이 얼마 남지 않았어. 우리는 해병이야. 우리가 경계에 실패하면 후배들이 두고두고 치욕을 당해야 해. 그래도 좋겠어?"

병사가 정신을 바짝 차렸다.

"송구합니다. 해병 선배로서 후배에게 그런 오명을 넘겨줄 수는 없습니다."

"그래, 그러니 조심해. 그리고 피곤하면 동료에게 부탁해서 잠을 깨우도록 해."

"알겠습니다."

장인수가 이렇게 병사들을 다독이며 순찰을 돌고 있을 때였다.

전방을 주시하던 병사가 조용히 속삭였다.

"소대장님, 전방이 뭔가 이상합니다."

장인수가 바짝 긴장하며 병사에게 다가갔다.

병사는 손으로 한쪽을 가리켰다.

"저기 보이는 저 나무가 분명 움직였습니다."

장인수가 병사가 가리킨 쪽을 주시했다.

때마침 구름에 가렸던 달이 살짝 얼굴을 드러냈다.

장인수가 눈을 번쩍했다. 그가 봐도 전방에 있는 작은 나무가 분명 움직이고 있었다.

잠깐 더 전방을 주시하던 장인수가 메고 있던 소총을 꺼내 들었다. 그러고는 모든 소대원이 팔목에 매고 있는 줄을 당겼다.

경계를 서는 해병대는 누구나 줄로 서로의 손목을 연결해 놓고 있었다. 장인수가 보낸 신호는 삽시간에 좌우로 전달되었다.

신호가 전달되자 방어선은 더 조용해졌다. 그러면서 대기하던 병력도 전부 방어선으로 나갔다.

장인수는 눈도 깜빡이지 않고 움직였던 나무를 주시했다. 바로 이때였다.

덜그럭!

조선군은 최후방어선에서 100여 미터 떨어진 전방에 철끈으로 깡통을 매달아 놓았다. 그런 깡통에서 희미한 소리가 들렸다.

그 순간!

펑! 쉬이익!

장인수가 쏜 조명탄이 하늘로 솟구쳤다.

솟구친 조명탄이 하늘에서 터지면서 장인수가 주시하던 지상을 하얗게 비췄다. 놀랍게도 청군이 전방을 온통 뒤덮고서 접근해 오고 있었다.

펑! 펑! 펑! 펑!

그때였다.

사방에서 조명탄이 솟구쳤다. 그렇게 솟구친 조명탄은 전방을 훤히 비췄다.

조명탄이 오래 타지는 않았다. 이런 단점을 연속사격으로 보완하면서 조명탄은 제 역할을 톡톡히 해냈다.

갑작스럽게 사방이 환해지자 접근하던 청군은 순간 당황했다.

장인수가 소리쳤다.

"적군이다! 전원! 사격 개시!"

탕! 탕! 탕! 탕!

명령을 기다리고 있던 해병대원들의 총구에서 일제히 불이 뿜었다. 이어서 수천의 병력이 동시에 쏜 총탄은 기관총과 같은 소음을 냈다.

장인수도 이런 사격에 동참했다. 그는 조준사격을 하고는 능숙하게 소총을 조작해 장탄했다.

탕!

장인수의 소대원들은 크고 작은 전투를 이미 십여 차례 치렀다. 그런 참전 경력이 이런 상황에서 더욱 빛을 발하면서 누구보다 열정적으로 전투에 임했다.

쾅! 쾅! 쾅! 쾅!

사격이 시작되면서 후방에 배치된 대포가 일제히 불을 뿜었다. 워낙 많은 병력이 집결해 있던 터라 포격은 놀라운 성과를 거두었다.

청군의 기습은 실패했다.

기습에 실패한 대가는 혹독했다. 청군은 조선군이 조명탄을 보유하고 있을 거라고는 예상도 못 했다.

더구나 전장은 은폐물도 없는 개활지였다. 그런 상황에서 조명탄에 고스란히 노출된 청군은 그대로 표적이 되었다.

그러나 청군은 물러서지 않았다.

"돌격하라!"

"돌격!"

청군 무장들은 곳곳에서 독려했다. 그들은 뒤로 물러서려는 청군을 용서하지 않았다.

청군 독전관은 칼을 사정없이 휘둘렀다.

"왕빠딴!"

서걱!

"으악!"

"물러서면 죽는다!"

"가라! 죽더라도 돌격하다가 죽어라!"

"도주하면 삼족을 멸한다!"

온갖 독설과 욕설이 난무했다.

도망치려는 병사는 칼로 도륙 냈다. 무시무시한 총탄 소리에 오금이 저렸던 청군은 이런 독전에 점차 앞으로 나갔다.

그렇게 끌려 나가듯 전진하던 청군은 어느 순간 달렸다. 전장의 열기와 피로 물든 전장이 청군 병사의 두려움을 잡아

먹은 결과였다.

"으아!"

"가자!"

주춤거리며 겨우 걸어 나가던 청군이 갑자기 달려오기 시작했다. 그것을 본 해병대원들은 마음이 급해졌다.

장인수가 소리쳤다.

"침착하라! 우리 전방에는 철조망이 이중으로 되어 있다. 청군이 철조망을 넘으려면 아직 충분한 시간이 있다!"

비슷한 독려가 곳곳에서 터졌다.

잠시 당황하던 해병대원들은 이내 진정했다. 그리고 이전보다 더 빠르게 청군을 저격했다.

무수한 청군이 사살되었다. 그럼에도 워낙 숫자가 많은 청군은 끝내 철조망까지 도달했다.

"으아! 이게 뭐야!"

"아악 아파!"

탕! 탕! 탕! 탕!

청군이 철조망에 걸려 주춤했다. 그와 함께 조선군이 총탄이 쏟아지면서 일대가 피바다가 되었다.

그런데 이것이 문제였다.

"시체로 철망을 덮어라!"

인명을 하찮게 생각하는 청군이었다. 그런 청군에게 동료의 시신은 그저 이용하기 좋은 수단에 불과했다.

청군 무장의 지시에 청군 병사는 방금까지 동료였던 시신을 들어 철망을 덮었다. 그런 시도가 몇 번 진행되면서 철조망에 길이 생겼다.

"돌격하라!"

"와!"

장인수도 청군이 첫 번째 철조망을 넘자 마음이 급해졌다.

그런 마음을 알기라도 하는 듯 갑자기 전방에서 큰 폭죽이 터졌다. 후방 포대에서 쏜 신호탄이었다.

그것을 본 장인수가 소리쳤다.

"부대! 사격 중지! 후방으로 후퇴한다!"

소리친 장인수가 먼저 참호를 뛰쳐나왔다. 그러고는 병사들을 끌어 올리고는 미친 듯이 달렸다.

"와!"

그 모습을 본 청군은 환호했다.

그러나 해병대원들은 이런 환호에 조금도 대응하지 않고 무작정 달렸다. 그렇게 100여 미터를 달리자, 대기하고 있던 해병대원이 횃불을 들고 손을 저었다.

"이리로 들어오라!"

장인수가 해병대원의 인도를 받아 철조망 사이로 뛰어들었다. 아군을 받은 철조망은 이내 다시 원래대로 돌아갔다.

두 번의 철조망을 건너자 2차 방어선은 참호가 나왔다. 장인수가 해병대원이 대기하고 있는 참호를 가뿐히 뛰어넘었다.

그러고는 다시 달렸으며, 그의 소대원들도 주저 없이 따랐다. 그렇게 몇 개의 방어선을 지난 끝에 가산(假山)에 도착했다.

장인수가 주변을 둘러보며 소리쳤다.

"정지! 동료들을 살피도록 하라!"

병력을 확인한 소대 선임하사가 보고했다.

"……이상 없습니다."

장인수가 크게 고개를 끄덕였다. 그는 자신의 소대원들을 돌아보며 주먹을 움켜쥐었다.

"모두 고생했다."

소대원들도 두 주먹을 움켜쥐며 환호했다.

"와!"

잠시 기다렸던 장인수가 소리쳤다.

"나는 대대장님께 보고하고 오겠다. 선임하사는 병사들에게 휴식을 취하도록 조치하라."

"알겠습니다."

장인수가 자신이 있던 최전방을 바라봤다.

청군은 두 번째 철조망을 막 넘고 있었다. 그런 청군을 두 번째 방어선의 해병대원들이 무차별 사격을 가하고 있었다. 그런 공격에 방금까지 머물던 참호가 청군의 무덤으로 변해가고 있었다.

장인수가 이를 갈았다.

"으득! 이놈들. 우리가 구축한 방어선은 철옹성이다. 80만이 아니라 100만이 공격해도 절대 넘을 수 없을 거다."

전의를 다지던 장인수가 몸을 돌렸다.

❀

여명 직전부터 시작된 청군의 공격은 날이 밝아지면서 더 격렬해졌다. 반면 조선군은 침착하게 대응하면서 청군의 피해를 차곡차곡 불려 나갔다.

조선군도 당하고만 있지 않았다.

시야가 확보되면서 조선군의 야포 공격이 증대되었다. 포격이 강력해지면서 청군의 피해는 급격히 늘어났다.

방어선과 방어선의 폭이 100여 미터 정도다. 그런 방어선 하나를 돌파할 때마다 수많은 사상자가 발생했다.

들판이 온통 청군의 시체로 뒤덮였다. 그러나 청군은 이런 피해를 완전히 무시하면서 무지막지하게 밀어붙였다.

그야말로 인해전술이었다.

그렇게 다섯 번째 방어선이 돌파되었다. 그런데 5번과 6번 방어선과는 몇 배의 간격이 있었으며, 십여 겹의 철조망이 부설되어 있었다.

청군은 조선군이 왜 이렇게 간격을 넓혀 놓았는지 짐작조차 하지 않았다. 뒤에서 밀어붙이는 독전관의 고함과 협박에 그저 앞으로만 달려 나갔다.

그런 청군에게 조선군은 끊임없이 총격을 가해 왔다. 청군은 총격에 죽어 나간 동료를, 이제는 너무도 능숙하게 거적처럼 사용해 철망을 넘었다.

그렇게 청군이 절반 정도 진격을 했을 때였다.

퐁! 퐁! 퐁! 퐁!

지금까지 잠잠하던 박격포가 일제히 포문을 열었다. 그렇게 쏘아진 박격포탄은 철조망을 제거하고 있는 청군에 쏟아져 내렸다.

쾅! 콰쾅! 쾅! 쾅!

조선군이 포격은 지금까지 후방을 겨냥했다. 혹시 모를 오폭으로 인해 아군이 피해를 입을 것을 우려해서였다.

그러나 박격포는 포격 후의 반동이 적어 오발 가능성이 그만큼 적다. 단지 유효사거리가 짧은 것이 문제였을 뿐이었다.

소총의 공격과 박격포의 포격은 충격의 강도가 전혀 달랐다. 갑작스러운 포격을 당한 청군은 돌격 속도는 크게 흐트러졌다.

이러한 청군에 벼락이 떨어졌다.

조선군은 이 구간에 대량의 폭약을 위장시켜 놓았었다. 그런 폭약 무더기가 박격포의 포격에 거대한 유폭을 일으킨 것이다.

번쩍! 꽈꽝!

유폭은 대단했다.

거대한 불기둥이 치솟으며 고막이 터져 나가는 폭음이 울렸다. 폭발은 반경 100여 미터를 완전히 초토화하며 청군을 사정없이 찢어발겼다.

유폭이 곳곳에서 발생했다.

번쩍! 꽈꽝! 번쩍! 꽈꽝!

청군은 상상할 수 없는 폭발에 혼비백산 넋을 잃어버렸다. 너무 큰 폭발음에 머리가 흔들려 서 있지도 못하고 대부분 주저앉았다.

무지막지하게 돌격만 하던 청군은 이 유폭에 진영이 완전히 흐트러졌다. 그것을 본 조선군의 포격과 총격은 더 격렬해졌다. 이런 상황을 견디다 못한 청군의 한쪽이 무너져 내렸다.

처음에는 몇 명이 도주했다.

여기에 주변의 청군이 가세하면서 전열이 급격히 와해되었다. 그러자 갑자기 둑이 터지듯 청군의 기세가 와르르 무너져 내렸다.

한번 무너진 기세는 수습이 불가였다.

청군은 갖고 있는 무기도 내던지고 도주했다. 병사들을 독려하던 독전관도 처음에는 막으려 소리를 질렀으나 이내 포기했다.

그러던 그들도 칼을 내던지고 도주 대열에 합류했다. 반나절 만에 겨우 수백 미터를 전진했던 청군은 삽시간에 그 거리를 뛰어넘어 도주했다.

세자는 가산에서 전장을 살피고 있었다.

"대단하네요. 죽기를 각오하고 무지막지하게 밀어붙이던 청군이 순식간에 무너지는군요."

총참모장이 설명했다.

"공포는 심리적인 문제라 더 큰 공포가 닥치면 그대로 무너지게 됩니다."

"청군이 무관을 동원해 공포 분위기를 조성했던 것이 패착이란 말이군요."

"그렇사옵니다. 저희 참모들이 박격포를 동원한 화력 작전을 구상한 것도 그런 청군의 행태를 읽었기 때문입니다."

백동수도 동조했다.

"청군은 공포로 무장된 병력이어서 승전의 절박함이 없습니다. 그래서 생각지도 않은 아군의 막강한 화력 작전에 그대로 무너진 것입니다."

"우리 아군은 다르겠지요?"

"물론입니다. 아군은 나라에 대한 애국심과 저하에 대한 충성심으로 똘똘 뭉쳐 있습니다. 그렇기에 어떠한 위기 상황이 닥쳐도 능히 이겨 낼 자신이 있사옵니다."

세자가 고마워했다.

"말씀만 들어도 가슴이 뻑뻑해집니다."

이러던 세자가 고개를 갸웃했다.

"그런데 저기를 보세요. 청군의 도주로가 이상한 거 같지 않아요?"

총참모장도 즉각 알아챘다.

"아! 그렇군요. 청군 병력이 본진이 아닌 당산 방면으로 도주하고 있사옵니다."

세자가 모처럼 웃었다.

"하하하! 이거, 생각지도 않은 결과가 발생했네요."

세자가 도주하는 청군을 한동안 바라봤다.

조선군은 도주하는 청군에게도 무차별 포격을 감행했다.

공격할 때는 포격을 당하면서도 전진만 했다. 그러나 도주할 때는 죽기 싫어서 무작정 도망쳤다.

공격하던 전열이 무너지자 포격을 당하면서 대기하던 후미도 이내 도주 대열에 합류했다. 그로 인해 청군 전체 전열이 급격히 흐트러졌다.

총참모장이 나섰다.

"장관님. 이 기회를 놓치면 다시 만리장성 방면에 방어선이 구축됩니다. 하오니 작전을 변경해 청국 본진을 공략하도록 병력 기동을 승인해 주십시오."

백동수가 즉각 동조했다.

"좋다. 우리는 병력이 적어 도주하는 병력을 쫓는 건 무리다. 그러니 무너지는 청군의 본진을 공격해 만리장성과의 연결을 끊도록 하라."

"예, 알겠습니다."

백동수가 승인한 작전은 즉각 예하 부대로 하달되었다.

최전선에서 후퇴해 휴식을 취하고 있던 장인수도 대대장에게 불려가 작전 지시를 받았다.

그런 장인수가 소대로 돌아와 소리쳤다.

"모두 군장을 점검하라! 우리는 청군의 본진을 공격하러 출병한다!"

지시를 받은 소대원들이 눈을 빛냈다.

소대 선임하사가 그런 병사들을 독려했다.

"서둘러라. 그래야 이번 공격에도 우리가 선봉에 설 수 있다."

모든 소대원이 황급히 일어났다. 장인수가 그런 소대원의 무장을 확인하고는 병력을 이끌었다.

"가자!"

장인수와 그의 소대가 전방에 도착하니, 이미 수색대대 병력의 절반 이상이 도착해 있었다. 장인수는 즉각 중대장과 대대장에게 합류 신고를 했다.

반격 준비는 빠르게 마무리되었다.

그 선봉에 장인수의 수색대대가 있었다. 병력 집결이 완료되자 수색대대장이 권총을 들고 소리쳤다.

"전군, 출발!"

탕!

그의 총소리에 맞춰 해병대 병력이 전진했다. 그런 해병대의 머리 위로는 포탄이 계속해서 날아가 청군을 타격했다.

청군이 박살 난 전장에 도착하니 온 사방이 피바다였다. 특히 거대한 유폭이 발생했던 지역에는 제대로 된 시신조차 없을 정도로 참혹했다.

해병대원 몇 명이 헛구역질을 했다. 대원 중 일부는 끝내 구토를 참지 못했다. 장인수도 속이 울렁거리는 걸 겨우 참으며 그 지역을 벗어났다.

수색대대장이 소리쳤다.

"각 중대는 속도를 높여 이동한다! 전원, 속보로 전진하라!"

대대장의 배려에 속도를 높여 전진했다.

그렇게 최악의 현장은 벗어났다. 그러나 해병대원들은 한동안 시산혈해의 전장을 지나며 고생했다.

최초의 방어선까지 넘은 해병대는 이내 방향을 틀었다. 수색대원들은 청군의 주력이 모여 있는 강변으로 접근했다.

"정지! 박격포가 올 때까지 대기한다."

대대장의 지시에 장인수도 소대원들에게 손짓을 했다.

그리고 잠깐의 시간이 지나자 포병 공격이 중단되었고, 이내 박격포 특유의 발사음이 들렸다.

퐁! 퐁! 퐁! 퐁!

꽈꽝! 꽝! 꽝!

이미 무너지고 있던 전열이었다.

그런 상황에서 조선해병대가 전진해 오자 청군은 크게 당황했다. 그러다 박격포의 포격이 집중되면서 청군 본진은 그대로 대오가 흐트러졌다.

그럼에도 해병대는 쉽게 움직이지 않았다.

포격이 계속되면서 청군 본진의 피해가 누적되었다. 그로 인해 청군 본진의 동요는 더 심해졌으며, 그런 장면을 예의 주시하던 수색대대장이 소리쳤다.

"전원, 착검하라!"

해병대원들이 소총에 대검을 꽂을 동안 기다리던 대대장이 주의를 주었다.

"절대 경거망동하지 마라. 계획에 따라 천천히 청군을 압박해 들어간다. 몸을 최대한 낮추고서 출발하라!"

해병대원들이 자세를 낮춰 전진했다.

이런 수색대를 이어 다른 해병대도 부대별로 이동했다. 그렇게 얼마를 전진하니 오인 포격을 막기 위해 박격포의 포격이 멈추었다.

갑자기 사방이 조용해졌다.

청군은 해병대가 의외로 빨리 다가온 모습을 보고는 대경실색했다. 많은 병력이 도주했으나 본진에는 아직도 상당한 청군이 남아 있었다.

이들은 방어를 위해 전열을 정비하려 했다. 그러나 그 전에 해병대의 총탄이 먼저 날아왔다.

"사격하라!"

탕! 탕! 탕! 탕!

한 발 사격이 끝난 해병대원은 재빠르게 재장전했다. 그리고 다시 전진을 하다가 사격했다. 몇 번의 사격이 이어지자 청군은 제대로 반격도 못 했다.

해병대가 청군과 얼마 떨어지지 않은 지역까지 접근했다.

이때부터 해병대는 전체가 함께 움직였다. 청군 본진의 한쪽으로 다가선 해병대는 낮은 자세로 사격을 하며 차곡차곡 전진했다.

청군 본진에도 수만 명의 병력이 남아 있었다. 그러나 병력 피해가 거듭되면서 서서히 무너졌다.

청군도 반격을 하고 싶었다.

그러나 이미 기세가 꺾인 터라 병력이 많아도 제대로 활용조차 못 했다. 특히 인해전술을 너무 과신한 탓에 반격에 대한 대비가 거의 없었다.

해병대의 공격은 이런 빈틈을 정확히 찌르고 들어갔다. 그런 공격으로 수많은 청군이 갈려 나갔다.

시간이 지나면서 저항은 급격히 줄어들었다. 그리고 육안으로도 확인될 정도로 병력도 감소했다.

이제는 최후의 공격을 할 때가 되었다.

수색대대장이 소리쳤다.

"마지막 탄환을 장전하라!"

탕! 탕! 탕! 탕!

지시가 떨어지자 수색대원들은 신속히 총탄을 장전했다.

장탄을 마친 수색대원들이 숨을 죽였다. 그러다 수색대대장의 외침이 들려왔다.

"부대! 돌격하라!"

탕!

"와!"

대대장의 권총 소리를 신호로 수색대대 병력이 돌격을 감행했다.

장인수도 누구보다 앞서서 달려 나갔다. 그러다 적의 시체 사이에 숨어 있던 적군을 발견했다.

장인수가 주저 없이 방아쇠를 당겼다.

탕!

숨어 있던 적병이 튕겨 넘어갔다. 장인수는 그런 적병의 죽음을 확인하지 않고 그대로 뛰어넘었다.

그러다 겁에 질린 청군 장수가 보였다. 장인수가 그런 청군 장수를 향해 달려들었다.

갑작스러운 공세에 놀랐으나 청군 장수도 바로 대응하려 칼을 휘둘렀다. 그러나 장인수의 반응은 신속하고 빨랐다.

챙!

대검으로 칼을 튕겨 낸 장인수가 개머리판으로 청군 장수를 그대로 타격했다.

쩍!

순간 머리가 깨졌다는 느낌을 받았다. 장인수가 소총을 바로잡고서 대검으로 적의 몸통을 찔렀다.

퍽!

안면이 날아간 적장을 본 장인수가 발을 들어 그의 몸을 밀어내며 대검을 뽑았다. 그런 장인수의 눈은 벌써 다음 적을 향하고 있었다.

장수가 단번에 격살된 것을 본 병사들은 놀라서 사방으로 흩어졌다. 그런 청군을 본 장인수가 나는 듯 뛰어올라 대검으로 등을 찔렀다.

퍽!

"으악!"

세 번째 만에 비명을 들었다.

장인수는 발로 적군의 등을 밟고서 소총을 비틀어서 대검을 뽑았다. 그러고는 한 번 더 적병의 머리를 내리치고서 몸을 돌렸다.

그런 장인수의 주변은 어느새 아군들로 가득했다. 장인수가 소리쳤다.

"단 한 명의 적도 살려 두지 마라! 공격하라!"

"으아!"

"죽여라!"

곳곳에서 동조하는 목소리가 들려왔다. 그런 외침을 한 대원도 장인수도 고함을 지르며 다음 상대를 찾아 나섰다.

"으아!"

고함을 지르며 뛰어나가던 장인수가 웅크린 채 떨고 있는 청군을 발견했다. 장인수는 그런 청군을 향해 달려가며 개머리판으로 내리쳤다.

퍽!

청군은 눈도 감지 못하고 그대로 넘어갔다. 장인수가 그런 청군의 눈동자에서 달려들던 자신의 모습을 발견했다.

'빌어먹을!'

죽은 청군의 눈동자에 비친 모습은 악귀와 같았다. 장인수가 자신도 모르게 욕을 하며 그 모습을 떨쳐 냈다.

그리고는 주변을 둘러봤다.

몇 번의 백병전으로 온몸은 피로 물들었다. 그런 장인수가 핏발 선 눈으로 사방을 살펴보자 주변의 기온조차 싸늘하게 가라앉았다.

그렇게 그는 전장의 화신이 되었다.

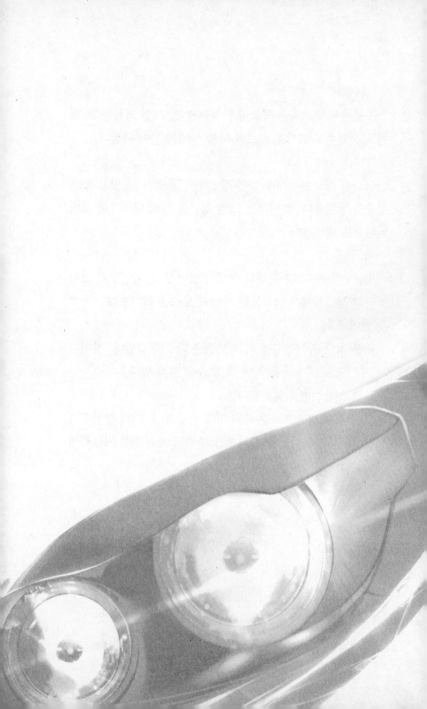

이간책

　세자가 전장을 둘러봤다.

　세자가 둘러보는 전장에는 전후 처리를 위해 청군 포로와 청국 백성들이 깔려 있었다. 모든 포로는 조선군이 가져온 족쇄를 차고 있었다.

　세자가 이마를 찌푸렸다.

　"후! 전투가 끝나고 며칠이 지났는데, 아직도 피비린내가 가시지를 않네요."

　총참모장이 설명했다.

　"워낙 격렬한 전투였습니다. 혈전이라고 불러도 무방할 정도로 인명 피해도 막대했고요. 그러다 보니 정리를 한다고 했는데도 아직 이러네요."

해병대사령관도 거들었다.

"무려 이십여만이 넘는 적이 사망했사옵니다. 부상자도 이십여만이 나왔고요. 불과 며칠 동안 치러진 전투에서 이토록 많은 사상자가 나온 건 유례가 없을 것이옵니다."

세자도 인정했다.

"그건 그러네요. 열흘 정도의 전투에서 그 정도의 사상자가 발생하는 건 쉽지가 않지요. 특히나 아군의 사상자가 천여 명 이내인 것은 획기적인 전과이고요."

"맞습니다."

"그러나 아쉽네요. 마지막에 너무 많은 인명 피해가 발생했어요. 그러지 않았다면 이번 승리가 더 기뻤을 터인데요."

백동수가 나섰다.

"현장 상황에 따른 판단의 결과입니다. 당시 해병대가 청군 본진으로 돌격하지 않았다면 전투 상황은 어떻게 전개되었을지 모릅니다."

해병대사령관도 적극 동조했다.

"장관님의 말씀대로입니다. 당시 기세에 밀린 청군 본진 전체가 이동하려 했습니다. 그런 적을 돌격해서 박살 내지 않았다면 전투는 분명 상당 기간 더 끌었을 것입니다. 그리되면 만리장성의 청군도 합류할 가능성이 높았고요. 아군의 피해가 늘어나는 건 당연하고요."

세자가 급히 손을 저었다.

"두 분이 오해하셨네요. 나는 해병대의 돌격이 잘못되었다는 것이 아닙니다. 단지 인명 피해가 많은 것이 안타까워서 이러는 거예요. 이번 전투에서 최고의 전공을 세운 부대가 해병대란 사실은 불변의 진리입니다. 그런 전공의 대미는 마지막 돌격으로 장식했고요."

해병대사령관이 고개를 숙였다.

"감사합니다, 저하."

"그리고 이번에 최고의 전공을 세운 소위가 있다고요?"

"지난해 임관한 장인수 소위입니다."

"보고서에 따르면 대단한 전과를 올렸더군요. 그 정도의 전과면 특진이 아깝지 않은 거 같던데요."

"본래 금년 하반기 진급 대상이었습니다. 그래서 이번 전공을 감안해 2계급을 특진시키려고 합니다."

세자가 큰 관심을 보였다.

"2계급 특진은 지금까지 없었지요?"

총참모장이 대답했다.

"그렇습니다. 전군에서 처음입니다."

"아주 좋은 본보기가 되겠네요. 기대가 됩니다. 이번 전투가 끝나면 따로 면담을 해 보고 싶군요."

"그렇게 조치하겠습니다."

세자 일행이 부교로 다가갔다.

부교 주변에도 항복한 청군들이 족쇄를 찬 채로 열심히 작업을 하고 있었다. 그런 모습을 바라보던 세자가 만리장성 방면으로 시선을 돌렸다.

"그나저나 참으로 다행입니다."

총참모장이 바로 알아들었다.

"청군 본진이 지리멸렬 흩어진 게 결정적이었습니다. 만일 청군 본진이 강을 건너서 부교를 끊었다면 농성이 상당 기간 지속되었을 겁니다. 그랬다면 만리장성의 5만 병력도 결사 항전했을 것이고요."

백동수가 지적했다.

"식량이 문제가 되지 않았겠나?"

"꼭 그렇지도 않습니다. 청군이 항복하고 저희 참모들이 조사한 바에 따르면 의외로 많은 양곡이 비축되어 있었습니다. 5만 병력이 아껴 먹으면 석 달 정도 먹을 정도로요."

"아! 대부분의 병력이 도강해서 그렇구나."

"예. 청군도 만일에 대비해 양곡을 장성 너머에 거의 전부를 남겨 두고 왔던 것 같습니다. 그러다 우리가 북쪽에서 철수해서 방어선을 구축하는 동안 당산에서 양곡을 수송해 왔고요."

세자가 해병대를 치하했다.

"해병대의 공이네요. 해병대가 돌격해 청군 본진을 박살 내지 않았다면 만리장성 점령이 상당히 더디게 진행되었겠어요."

백동수도 거들었다.

"전쟁의 승패는 지휘관의 순간적인 판단에 좌우되는 경우가 많습니다. 이번 전투에서도 해병대 수색대대장의 적절한 상황 판단이 결정적인 역할을 했습니다."

해병대사령관이 먼저 대답했다.

"우리 해병대는 신상필벌이 분명합니다. 수색대대장도 그렇지만 다른 장병들의 공적도 반드시 챙기겠습니다."

세자가 진심을 담아 인사했다.

"잘 부탁합니다."

백동수가 권했다.

"부교를 건너가 보시지요. 장성의 5만 청군이 항복한 덕분에 장성 주변은 오히려 정리가 더 잘되어 있습니다."

"그렇게 하시지요."

세자가 석하를 건너 장성 방면으로 들어섰다. 백동수의 설명대로 산해관성은 포격에 의한 파괴도 어느 정도 정리되어 있었다.

"충! 어서 오십시오, 저하."

산해관성의 입구에 1군과 2군사령관이 대기하고 있었다.

세자가 그런 두 사령관과 반갑게 인사했다.

"고생들이 많습니다."

1군사령관이 호탕하게 웃었다.

"하하하! 이건 고생이 아니지요. 그리고 이런 고생이라면 얼마든지 할 수 있사옵니다."

2군사령관도 동조했다.

"옳은 말씀입니다. 청나라도 못 한 산해관 점령을 우리 조선군이 해냈습니다. 그것도 3배에 가까운 병력 열세를 강력한 무력으로 압도하면서요."

세자도 흐뭇한 표정을 지었다.

"모두 여러분들이 고생한 덕분이지요."

1군사령관이 나섰다.

"가시지요. 소장들이 모시겠습니다."

"부탁합니다."

세자는 이들의 안내를 받아 산해관의 주변을 한동안 둘러봤다.

산해관성과 그 주변, 그리고 남익성을 비롯한 영해성과 위해성의 피해는 상당했다. 그러나 북쪽의 북익성과 여러 요새는 비교적 피해가 덜했다.

세자가 각산산성으로 올랐다. 놀랍게도 각산산성은 포격의 피해가 별로 없었다.

"여기는 피해가 거의 없네요?"

"주공격이 산해관성과 해안 지역이었습니다. 그래서 북부 지역 요새는 포격을 상대적으로 덜했고요. 특히 이 산성은 처음부터 공격 대상에서 제외되었습니다. 그러나 항복을 하지 않으려고 해서 막바지에 집중 포격을 했습니다."

세자가 각산산성과 접한 만리장성을 바라봤다.

"그래서 피해가 적군요. 청군 중에서 만리장성을 따라 도주한 병력은 없습니까?"

2군사령관이 설명했다.

"조사를 더 해 봐야겠지만 없는 것으로 알고 있습니다."

"그래요?"

"예. 보시는 대로 아래의 청군이 올라오면 반드시 각산산성을 거쳐야 합니다. 그 바람에 아래의 청군이 도주할 수는 없고요. 만일 도주를 했다면 이곳 각산산성에서 해야 합니다. 그런데 당시 정황상 그런 기회가 없었습니다. 아니, 있다고 해도 극소수에 지나지 않았을 겁니다."

"흠! 그렇군요. 총참모장님, 여기서 거용관(居庸關)까지 거리가 상당하지요?"

총참모장이 잠깐 고심했다.

"거용관은 북경의 북쪽입니다. 만리장성을 따라서 간다면 험준한 연산산맥을 따라 수백 리를 가야 합니다."

"여기서 쉽게 갈 수 있는 곳이 아니군요."

"그렇습니다. 그런데 왜 갑자기 이런 말씀을 하시는지요?"

"나는 장성을 따라가면 거용관이 별로 멀지 않을 거라고 착각했습니다. 그래서 이리로 공격을 하면 어떨까 하고 생각해 본 겁니다."

"그러셨군요."

세자가 몸을 돌려 아래를 내려다봤다.

"산해관은 지금도 그렇지만 앞으로도 중요한 교통로가 될 겁니다. 나는 저 산해관을 지금처럼 운용할 생각이 없어요."

총참모장은 궁금했다.

"복안이라도 갖고 계십니까?"

"그래요. 나는 저 석하를 따라 만리장성과 연결된 성벽을 쌓고 싶어요. 그렇게 새로운 장성을 쌓게 되면 대륙에서 넘어오는 사람들을 통제하기 쉬울 거예요."

백동수가 의문을 제기했다.

"저하께서는 이전부터 장성을 활용해 한족의 북방 진출을 막겠다고 하셨습니다. 그러기 위해서는 지금의 장성을 손만 조금 보면 되는데, 구태여 새로운 장성을 건설할 필요가 있사옵니까?"

"맞아요. 한족의 북방 진출만 막을 목적이라면 새로운 성을 쌓을 필요가 없지요."

세자가 다시 손으로 가리켰다.

"저기를 보세요. 보시는 대로 석하강과 만리장성 사이는 꽤 넓습니다. 산해관성도 있고, 영해성을 포함해 십여 개의 요새가 있을 정도로요."

"저하의 말씀대로 수십만의 청군이 주둔해도 문제가 없을 정도로 넓습니다."

개혁군주

"바로 그거예요. 저 석하를 끼고 장성을 설치하면 그 중간에는 드넓은 성이 저절로 만들어집니다. 저 정도의 넓이라면 아마도 북경보다 넓을 겁니다."

백동수가 탄성을 터트렸다.

"아! 그렇게 되겠습니다."

"나는 저 지역을 최대한 활용하려고 합니다. 그래서 대규모 상설 장시를 개설해 대륙과 북방이 만나는 접점으로 육성하려고 해요."

주변 지휘관들이 모두 놀랐다. 총참모장은 탄성을 터트리며 세자의 계획에 적극 동조했다.

"참으로 놀라운 계획이십니다. 저 지역은 진황도와 접해 있어서 항구도 활용이 가능합니다."

"바로 그 점이에요. 북경과도 적당히 떨어져 있으며, 요동과도 상당한 거리가 있지요. 그런 지역에 새로운 교역 도시가 건설된다면 분명 급격히 발전하게 될 거예요. 아울러 한족의 북방 이주 제한에 대한 반발도 상당히 줄일 수 있을 것이고요."

백동수도 적극 동조했다.

"놀라운 발상의 전환이옵니다. 만일 산해관이 그렇게 발전하게 된다면 아마도 최고의 교역 도시로 거듭나게 될 것입니다."

세자가 지시했다.

"총참모장님, 청군 포로가 팔만여 명이라고 들었습니다.

원주민 포로도 수만이고요. 그 인원을 대대적으로 투입해서 새로운 장성을 건설하세요. 아울러 상무사 건설부와 협의해 참모본부에서 신도시를 설계해 보세요. 아울러 진황도의 항구도 대대적으로 확장하시고요."

도시 건설을 참모본부가 주도하라고 한다. 이런 배려에 총참모장의 목소리가 높아졌다.

"저하의 배려에 감읍하옵니다. 최선을 다해 최고의 도시를 건설해 보겠습니다."

"기대하겠습니다. 그리고 총참모장님께서는 고구려를 침략했던 당 태종을 고구려의 연개소문이 끝까지 공격해서 항복을 얻어 냈다는 사실을 알고 있지요?"

"소장도 그런 역사적 사실이 새롭게 정립되고 있다는 말은 들었습니다."

조선에서 연개소문은 비판의 대상이다.

유교의 입장에서 반정으로 왕을 죽였다는 사실은 최악의 난신이다. 이렇게 역신이던 연개소문이 새롭게 평가를 받게 된 건 세자에 의해서였다.

세자는 자주정신과 자긍심을 고취하기 위해 우리 역사의 재해석을 적극 추진했다. 그러면서 북벌의 당위성을 찾기 위한 작업도 병행했다.

그런 과정에 연개소문이 당 태종을 항복시킨 역사적 사실을 찾아냈다. 다행히 이 시대에는 이런 사실이 기록된 사서

개혁군주

가 의외로 많았다.

세자는 이 사실을 적극 부각시켰다.

모든 교과서에 정식으로 등재해 민족의식 고취에 적극 활용했다. 아울러 국왕 시해와 후손을 잘못 교육한 과오는 철저하게 비판했다.

세자가 말을 이었다.

"그렇지요. 역신이고 나라를 망친 후손을 둔 건 잘못이에요. 허나 대륙 왕조의 황제를 굴복시킨 최초의 맹장임은 분명하지요. 산해관의 도시를 새로 건설하면서 중앙에 광장을 만드세요. 광장 위치는 대륙 관문과 지금의 산해관이 일직선으로 만나는 중앙이 좋겠군요. 그런 광장 중앙에 대륙을 향해 말을 달려 나가는 연개소문의 동상을 건설하세요."

총참모장가 감탄했다.

"대륙으로 달려 나가는 연개소문의 동상이라니. 생각만해도 가슴이 벅차오릅니다."

"연개소문의 동상은 높은 단 위에 세우도록 하세요. 그래서 도시를 오가는 누구나 알아볼 수 있게요."

"알겠습니다. 필히 연개소문의 동상을 건립해서 산해관의 수호신이 되게 하겠습니다."

세자가 웃었다.

"하하하! 산해관의 수호신이라니. 참으로 절묘한 이름입니다. 예, 그렇게 하세요. 앞으로 우리 조선의 모든 장병은 불굴의 용사가 되어야 합니다. 그래서 두 번 다시 이 땅을 외세에 넘겨주지 않도록 만들어야 해요."

모든 지휘관이 적극 동조했다.

이런 모두의 머릿속에는 수많은 인파가 북적이는 신도시가 그려지고 있었다. 그런 도시의 정중앙에, 등에 다섯 자루의 창과 세 자루의 칼을 찬 연개소문이 한 손에 칼을 빼 들면서 대륙을 호령하는 장면이 당당히 그려졌다.

❀

세자가 산해관성으로 내려왔다.

산해관성은 산해관의 주성이다.

그런 산해관성은 장성 전면에는 동라성(東羅城)이, 관성의 뒤에는 서라성(西羅城)이 연결되어 있다. 거기다 관성도 둘로 나뉘어 있는 삼중구조로, 가히 철옹성으로 손색이 없다.

조선군은 장성을 공격할 때 해안가를 집중 공략했다. 그 결과 위해성과 영해성은 대파되었으나 산해관성은 상대적으로 피해가 덜했다.

덕분에 건물이 제법 많이 남아 있었으며, 파뢰와 청군 지휘부가 사용하던 전각도 건재했다. 세자가 조선군 지휘부와 함께 그 전각에 들어섰다.

전각은 청군 색채가 최대한 제거되었다.

정면에는 태극기가 당당히 부착되어 있었다. 그런 좌우로 세자를 상징하는 청룡기와 '수(帥)'자의 장수 깃발이 서 있었다.

세자가 전각의 중앙에 섰다. 그러자 백동수와 총참모장이 좌우로, 다른 지휘관들이 서열에 따라 도열했다.

"자리에 앉읍시다."

"감사합니다."

세자와 지휘부가 착석했다. 그러나 총참모장은 착석하지 않고 대기하다가 보고를 시작했다.

"지금부터 이번 전투 결과에 대한 총괄 보고를 시작하겠습니다."

보고는 한동안 이어졌다.

이미 중간에 여러 차례 보고를 받아 왔던 터라 세자는 흡족해하며 보고를 들었다. 보고가 끝나자 세자가 지휘관들을 치하했다.

"모두 고생들 많았어요. 이번과 같은 압승을 거둔 경우는 극히 드뭅니다. 아니, 거의 없다고 해도 과언이 아니에요. 그 모두가 여러분과 휘하 장병들의 헌신 덕분입니다. 감사합니다."

"성은이 망극하옵니다."

"자! 그럼 이제부터 당산 공략에 관한 논의를 시작합시다. 당산 지역은 본래 우리 고조선의 강역이에요. 당산은 특히 백이, 숙제의 고사로 알려진 고죽국의 영역이기도 하고요. 이런 당산은 역사적으로 우리에게 아주 의미 있는 지역입니다. 그리고 지금은 북경 함락의 결정적 관문이기도 합니다. 그러니 한 번 더 중의를 모아 주시기 바랍니다."

총참모장이 부언했다.

"만리장성을 지키던 구문제독 파뢰가 당산으로 무사히 도주했다고 합니다. 그와 함께 청군의 주요 장수들도 대부분 무사하고요. 이런 상황을 감안해서 제안을 해 주시기 바랍니다."

백동수가 나섰다.

"청국의 병력은 모두 얼마 정도인가?"

"첩보에 따르면 여기서 도주한 병력이 삼십여만이라고 합니다."

"음? 30만? 숫자가 뭔가 이상한 거 아냐? 사상자 삼십여만에 포로가 8만 정도야. 그러면 80만에서 절반 이상은 남아야 하잖아?"

1군사령관이 예상했다.

"아마도 10만 이상의 병력이 도주한 거 같습니다."

총참모장이 대답했다.

"맞습니다. 당산에 집결한 병력 이외에는 도주했다고 봐야 합니다. 그런 병력을 색출하기 위해 북경과 당산 일대가 아수라장이 되었고요."

세자가 고개를 확인했다.

"그 병력이 전부인가요?"

"아닙니다. 북경에서 25만의 병력이 추가된다고 합니다."

1군사령관이 한숨을 내쉬었다.

"하아! 정말 사람이 많기도 하네요. 그동안 백련교와 내전을 치르면서 엄청난 병력을 징병했을 텐데, 그럼에도 또 25만이나 충원되네요. 어떻게 몇십만을 징병하는데 뚝딱입니까?"

"그러게 말입니다. 이번에 보충되는 병력은 청국 조정이 만일에 대비해 징병해 둔 예비 병력이라고 합니다. 여기에 도주하거나 지리를 몰라 흩어졌던 병력이 절반 정도는 수습하게 될 겁니다. 그렇게 되면 청군의 총병력은 60만 정도 됩니다."

세자가 씁쓸해했다.

"다시 60만이 되었네요. 청국의 인구가 많은 건 알았지만 몇십만을 모으는 게 이렇게 쉽게 진행될 줄 몰랐네요. 당산은 진황도보다 더 많은 군수물자가 집결한 곳이어서 전투가 쉽지 않겠어요."

총참모장이 분명하게 밝혔다.

"저들도 죽기 살기로 저항을 할 겁니다. 당산이 뚫리면 바로 북경이니까요. 그러나 병력이 많다고 해서 유리한 건 아닙니다. 지금부터의 대륙은 평원 지대입니다. 우리의 화력과 전투력이라면 절반 정도의 병력 열세는 아무것도 아닙니다. 더구나 평원에서의 전투는 전투력이 압도적인 우리가 절대적으로 유리하옵니다."

백동수도 동조했다.

"총참모장의 설명이 맞습니다. 당산은 평성이고, 자체적인 방어력은 만리장성이나 북경성에 비하면 크게 떨어집니다. 성 주변에 흐르는 강이 난관이지만, 그 정도는 우리의 전투력으로 능히 헤쳐 나갈 수 있습니다."

해병대사령관이 나섰다.

"도강은 우리 해병대와 공병대가 책임을 지겠습니다."

백동수가 크게 환영했다.

"오! 해병대가 나서 준다면 그보다 좋을 수는 없지."

모든 지휘관이 자신감을 표출했다.

세자는 그런 지휘관들에게 주의를 주었다.

"병력이 열세지만 전체적으로는 아군이 유리한 게 맞습니다. 아니, 화력이 비교 불가이고 장병들의 전투경험도 많이 축적된 우리가 분명 청국을 압도하겠지요. 그러나 전쟁의 승패는 생각지도 않은 빈틈에서 좌우되는 경우가 많습니다. 그러니 이전보다 더한층 철저하게 장병들을 관리해 주셨으면 합니다."

"명심하겠사옵니다!"

세자의 당부가 이어졌다.

"총참모부는 이번에도 최고의 작전 계획을 수립해 주리라 믿어 의심치 않습니다. 이번 전투가 끝나면 바로 북경입니다. 그러니 전투 이후의 상황까지 염두에 두고서 작전 계획을 수립하세요."

"명심하겠습니다."

"기병군단과 3군 상황은 어떻게 되어 가고 있습니까?"

총참모장이 대답했다.

"북방은 아직도 땅이 완전히 굳지 않아 기병의 대규모 기동이 어렵습니다. 그래서 지금은 주둔지에서 전력을 점검하고 있습니다."

"4월 하순이면 기동을 시작하겠지요?"

"그 정도면 본격적인 기동을 시작할 것입니다."

"이곳 상황은 알려 주었지요?"

"승전이 확인됨과 동시에 전령을 보냈사옵니다."

"잘하셨네요. 그러면 한 번 더 전령을 보내 결전이 임박했다는 사실을 알려 주세요. 북방에서 벌어질 최후의 결전을 벌이는 시기를 맞출 수 있게요."

"그렇게 하겠습니다."

세자가 모두에게 질문했다.

"청국 황실은 당산 전투를 어떻게 예상할까요?"

백동수가 먼저 대답했다.

"지금까지는 밀렸지만 이번만큼은 승리한다는 생각을 하고 있을 겁니다."

총참모장도 가세했다.

"소장도 그렇게 생각합니다. 청국은 쉽게 자신들의 자만심을 내려놓으려 하지 않을 것입니다."

해병대사령관도 거들었다.

"만주족은 극소수입니다. 그런 만주족이 한족을 원활히 통제하기 위해서라도 먼저 꼬리를 내리지 않을 것입니다."

세자가 정리했다.

"모두의 생각이 저와 똑같군요. 좋습니다. 그러면 지금부터 은밀히 소문을 내도록 하세요. 우리 조선은 병자호란에서 50만이 넘는 백성들이 희생당했다. 그런 원한을 이번 기회에 백배로 되갚겠다고요."

1군사령관의 안색이 심각해졌다.

"저하, 너무 과한 듯하옵니다. 전후 문제를 위해 적을 압박하는 건 소장도 찬성하옵니다. 하지만 너무 복수를 강조하다가 과유불급이 될 거 같아 걱정이옵니다. 혹시 다른 뜻이 있으신지요?"

세자가 대답했다.

"1군사령관의 우려대로 백배의 복수는 당연히 과하지요. 그럼에도 그런 소문을 내게 한 건 이유가 있어서입니다."

총참모장이 고개를 갸웃했다.

"저하! 혹시 나중을 위해 이 일대의 한족을 몰아내려는 생각을 갖고 계시는 것인지요?"

세자가 크게 고개를 끄덕였다.

"그래요. 이 지역의 한족들을 최대한 줄이려는 게 우선이에요. 그리고 대업이 완성된 후 한족들의 통제를 원활히 하기 위해서입니다."

개혁군주

"사전에 공포 분위기를 조성하자는 의도로군요."

"맞아요."

백동수가 고개를 갸웃했다.

"저하, 여쭙고 싶은 말이 있사옵니다."

"말씀하세요."

"우리는 대업을 위해 거병했사옵니다. 대업에는 고토 수복도 있지만, 호란에 한을 풀겠다는 염원도 포함되어 있사옵니다. 청국도 우리의 사정을 모르지 않을 것이고요."

"그런데 왜 이 시점에서 백배의 한을 거론하느냐는 말씀이지요?"

"그렇사옵니다. 저하의 생각을 처음부터 말씀해 주셨다면 병사들이 더 이를 악물었을 것이옵니다. 그랬다면 더 큰 전과를 거둘 수 있었을 것이고요."

세자가 설명했다.

"소문도 일종의 작전입니다. 그리고 계책은 적절한 시기에 발효해야 효과가 극대화되지요. 우리가 처음부터 백배의 복수를 들고나왔다면 어떻게 되었을까요? 아마도 청국은 결사 항전의 심정으로 나왔을 겁니다. 그리되면 처음부터 강력하게 징병을 하였을 터이고, 우리는 지금보다 몇 배의 적과 싸워야 했겠지요. 그랬다면 병력이 부족한 우리는 큰 어려움을 겪었을 것이고요."

모두가 크게 고개를 끄덕였다. 작전 계획을 담당하고 있는 총참모장이 탄성까지 터트렸다.

"아아! 놀랍사옵니다. 저하께서는 만주족과 한족 간의 불화까지 염두에 두고 계셨군요."

"맞아요. 일종의 민족이간계이지요. 호란에 대한 복수의 대상은 만주족입니다. 그런데 우리가 이번 전쟁의 이유로 호란에 대한 백배의 복수를 두고 나왔어요. 그런 소문을 들은 한족이 어떤 생각을 하게 될까요?"

총참모장이 적극 나섰다.

"한족은 만주족 때문에 자신들이 억울하게 죽어난다는 생각을 하게 될 겁니다."

"그렇겠지요. 한족은 청조의 만한병용정책으로 거의 동화되어 있습니다. 그래서 청조의 강제징병에도 반항하지 않아왔고요. 그런 한족이 처음으로 모난 놈 옆에 있다가 돌 맞아 죽을 수 있다는 생각을 하게 될 겁니다. 그런 생각이 들면 저들은 분명 전장에서 멀어지려 하겠지요."

해병대사령관이 이의를 제기했다.

"저하, 한족이 청조에 반기를 들지 않을까요?"

세자가 고개를 저었다.

"아닙니다. 지금의 한족은 절대 그렇게 하지 못합니다. 우리도 그렇지만 청국도 유학의 나라예요. 그런 청국에서 반역은 곧 패륜입니다."

"하지만 멸만흥한을 기치로 송나라 건국을 추진하고 있지 않습니까?"

세자가 고개를 저었다.

"그렇지 않아요. 백련교도 처음부터 건국을 추진한 게 아니었어요. 백련교는 핍박받는 자신들의 종교에 대한 권리를 얻기 위해 봉기했지요. 그래서 한동안 세력을 확산시키지 못해 고전했고요."

총참모장이 부언했다.

"그런 백련교에게 반청복송의 이념을 만들어 주신 분이 세자 저하십니다."

"아! 그러하다는 말은 들었습니다. 그런데 청국 황실은 라마교를 믿사옵니다. 그런데도 한족들이 청조에 대해 이의를 제기하지 않사옵니까?"

세자의 설명이 이어졌다.

"청조는 처음부터 라마교를 믿지 않았어요. 청국 황제는 대륙의 황제이지만 초원의 가한(可汗)이며 서장(西藏)의 통치자입니다. 서장과 초원은 라마교를 신봉합니다. 청조가 두 지역을 평정하면서 라마교를 받아들인 거예요. 반면에 청국의 역대 황제는 유학을 적극 권장하고 유생을 우대합니다. 그리고 황제들은 유자임을 자처해 왔고요."

해병대사령관이 이해했다.

"한족의 유생들은 청조가 어쩔 수 없이 라마교를 받아들였다고 생각한단 말씀이군요."

"그래요. 한족은 늘 북방의 침략을 두려워하고 경계해 왔지요. 그래서 만리장성까지 건설하였고요. 특히 흉노에게 오랫동안 핍박받은 한나라는 장성 너머의 어마어마한 숲을 백여 년 동안 베어냈었지요. 흉노의 침략을 두려워해서요. 그로 인해 고비사막이 지금처럼 급격히 넓어지게 되었고요."

해병대사령관이 고개를 저었다.

"백 년 넘게 벌목을 해 왔다니 놀랍습니다. 하긴 한나라를 건국했던 한고조도 흉노에게 죽을 뻔했으니 그럴 만도 하겠습니다."

"그만큼 북방 기병이 두려웠던 거지요. 그런데 청국은 만리장성을 넘기 전에 먼저 몽골을 평정했어요. 그런 청조가 들어선 이후 대륙은 처음으로 북방에 대한 근심을 덜 수 있게 되었고요. 한족들도 이런 사정을 잘 알고 있었기에 쉽게 청조에 동화된 것이지요. 거기다 청조가 한족을 위한 다양한 융화 정책을 병행한 것이 주효했고요."

"그렇군요. 그래서 저하께서는 한족이 청조에 반기를 들지 않는다고 확신하시는군요."

"그래요. 나중에는 달라질 가능성도 있기는 하지요. 그러나 지금은 소문이 퍼지면 한족들이 대거 피난을 떠나게 될 겁니다."

백동수가 정리했다.

"알겠습니다. 은밀히 소문이 번지도록 다양한 방법을 동원하겠습니다."

"그렇게 해 주세요. 나도 비원을 통해 소문이 확산되도록 조치할게요."

이날 이후.

조선군 진영에서 호란에 대한 피해를 백배로 받아 낼 거란 소문이 번져 나갔다. 소문은 이내 청군 진영으로 넘어가 급속히 번졌다.

전장에서는 여러 소문이 난무한다.

그러한 소문은 대개 묻히기 마련인데, 이번에는 내용이 살벌해서인지 청군 진영이 술렁였다. 그러면서 청군 병사들 사이에서 고래 싸움에 새우 등 터졌다는 말이 급격히 돌았다.

청국 장수들은 이런 소문에 놀라 강력하게 대처했다. 소문이 돌지 않게 단속했으며, 거론하는 자들을 색출해 공개 체벌까지 거행했다.

이러한 폭압이 어느 정도 효과를 거둬 소문이 수면 아래로 가라앉았다. 그러나 한번 번지기 시작한 소문은 이내 담장을 넘었다.

소문은 곧 엄청난 속도로 퍼져 나갔다. 소문은 본래 침소봉대되기 마련인데, 여기다 비원 요원이 가세하면서 걷잡을 수 없이 확대 재생산되었다.

청국 백성들은 소문에 긴가민가했다. 설마 백배로 복수를 하겠냐는 의구심이 들었기 때문이다.

그러나 진황도의 혈전과 엮이면서 소문은 이내 진실로 둔 갑했다.

이미 혈전에 대한 공포가 번지며 많은 주민이 피난을 떠나고 있었다. 그러다 소문이 진실로 둔갑하면서 북경 일대는 곧 피난민으로 뒤덮였다.

조선군은 쉽게 움직이지 않았다.

그 대신 비원 요원과 군의 정보요원들을 풀어 후방교란 작전을 시행했다. 교란작전에는 약탈과 암살, 그리고 방화도 있었다.

가뜩이나 소문으로 흉흉해진 민심은 이런 교란작전으로 더 나빠졌다. 청조는 이런 상황에도 민심 수습은 손을 놓고 당산의 전황에만 목을 맸다.

✽

그러던 4월 하순.

조선군이 기회를 엿보며 움직이지 않자 청군이 먼저 움직였다. 청군의 이러한 반격은 조선군이 노리고 있던 기회였다.

"적군을 향해 포격하라!"

쾅! 쾅! 쾅! 쾅!

세자가 변화시킨 조선군의 전술에서 가장 큰 변화는 단연 포병이다.

조선은 본래부터 화약을 다루는 데 능했으나 거기까지였다. 신분 차별이 심하고 기술을 천시하는 조선에서 제강기술은 거의 발전이 없었다.

물론 총통의 종류도 다양해지고 홍이포와 불랑기포 등이 도입되기는 했다. 그러나 지속적인 개발이 이뤄지지 않아 거의 초기 형태에 머무르고 말았다.

그러다 세자가 오면서 달라졌다.

세자는 공업 발전에 전력을 기울였다.

가장 먼저 제강을 비롯한 각종 과학기술을 도입해 공업 기반을 다졌다. 그리고 갖고 있던 이전 지식을 적절히 활용해 화기를 전면 개량했다.

그중 대포는 탈태환골 했다.

새로 개발된 대포의 유효사거리는 무려 4킬로미터나 되었다. 강선이 채택되었으며, 포가와 초기 형태지만 주퇴복좌기도 장착되었다.

그리고 바퀴가 달려 있어 이동과 조준 능력이 월등히 향상되었다. 특히 탄피가 개발되어 포탄의 폭발력이 이전과는 완전히 달라졌다.

이런 대포를 운용하는 포병의 대활약 덕분에 전투는 늘 조선군이 청군을 압도했다.

이번 전투도 사정은 마찬가지였다. 특히 소문으로 흔들리는 진중의 사기를 덮기 위해 무모한 공격을 감행한 청군에게는 재앙이었다.

무지막지한 포격이 감행되었다.

당산 주변은 구릉조차 별로 없다. 이런 개활지를 달려오는 청군은 그대로 포격에 노출되었다.

전투는 처음부터 일방적이었다.

분명 공격은 청국이 하고 있었다. 그런데 시간이 지날수록 전황은 조선군에게로 쏠리기만 했다.

청군은 도주와 통제를 위해 수백 명씩 집단으로 움직인다. 이런 청군에 포탄이 떨어지면 그야말로 지옥도가 연출된다.

이런 피해로 전열이 박살 나면 남은 병력은 다른 부대로 합류한다. 그런 와중에 일부는 전열을 이탈해 좌우로 도주하는 경우도 있다.

두! 두! 두! 두!

조선군 기병대는 2개 여단에 불과하다.

그럼에도 좌우에서 전열을 이탈하는 청군을 철저하게 참살했다. 가끔 소총을 이용하는 경우도 있었지만 대개 곡도를 이용했다.

이런 조선군 기병대 때문에 청군 병력은 어쩔 수 없이 전진만 했다. 그렇다고 전장이 넓어 처음부터 돌격을 감행할 수도 없다.

수많은 사상자가 발생했다.

그럼에도 악귀와 같은 청군 장수들은 병사들을 끝없이 지옥으로 몰아갔다. 그렇게 수많은 병력이 죽어 나간 끝에 돌격할 수 있는 거리에 도착했다.

청군 장수가 칼을 빼 들었다.

"전군! 돌격하라!"

독전관의 칼이 사방에서 번쩍였다.

"달려 나가라!"

"고함을 지르고 달려라!"

"후퇴하면 내 칼에 죽을 줄 알아라!"

이런 강요를 당하자 주춤거리던 청군도 차츰 달려 나가기 시작했다. 그러자 눈치를 보던 병사들도 이내 함성을 지르며 달려 나갔다.

"으아!"

"아!"

진황도와 똑같은 상황이 연출되었다.

그렇게 달려 나가던 청군은 조선군의 일제사격에 무수히 갈려 나갔다. 그러다 철조망에 막혀 또 많은 인명이 살상되었다.

조선군은 적당한 시기에 후퇴했다.

뒤이어 2차 방어선이 주력으로 적을 상대했다. 진황도 혈전과 똑같은 상황이 반복되었다.

그러나 청군은 무작정 돌격만 했다. 조선군이 봤을 때 그냥 죽으러 오는 것이나 다름없었다.

당산 일대는 사방이 벌판이다. 이런 벌판에서의 돌격은 병사들의 희생만 강요할 뿐이었다.

세자가 보고받으며 의아했다.

"청군이 왜 이렇게 무모한 짓을 자행하는 건지 모르겠네요. 저들도 진황도의 혈전을 겪으면서 우리의 화력에 대해 충분히 숙지했을 터인데요. 더구나 지금의 청군은 공세가 아니라 방어에 주력할 때잖아요."

백동수도 고개를 갸웃했다.

"뭔가 이상합니다. 지난 전투에서 청군은 무려 삼십여만의 사상자가 발생했습니다. 그런 청군이 이렇듯 무모한 작전을 벌였다는 건 뭔가 이유가 있을 것입니다. 아무래도 청국조정에서 독전을 강력하게 강요하고 있는 거 같습니다. 그렇지 않다면 이토록 무모한 공격을 가하지는 않을 겁니다."

세자도 동조했다.

"그럴 가능성이 높겠네요."

총참모장이 바로 나섰다.

"당산의 청군이 황제에게 공세를 강요받았다면 우리에게 더없이 좋은 기회입니다."

총참모장이 작전지도로 다가갔다.

"소장은 제2작전 계획의 시행을 건의드립니다. 지난번처럼 청군을 우리의 방어선 중간까지 유인합니다. 그러고는……."

총참모장의 설명이 이어졌다. 그런 설명에 세자와 지휘부는 눈도 깜빡이지 않고 경청했다.

개혁군주

최후의 공성전

총참모장의 설명이 끝났다.

세자와 지휘부는 잠시 지도를 보며 각자의 생각에 잠겼다.

그러던 세자가 먼저 말문을 열었다.

"저는 좋은 계획이라는 생각이 드네요."

백동수가 거들었다.

"저도 찬성입니다. 그리고 기병의 운용을 좀 더 활발하게 할 필요가 있습니다. 그래야 공격하고 있는 청군을 최대한 압박할 수 있을 겁니다."

다른 지휘관들도 적극 지지를 표명했다.

총참모장이 적극 나섰다.

"소장도 기병의 적극 활용에는 동의합니다. 우리의 만주

수복과 북방 교란 이후 청국은 군마 수급에 결정적 타격을
받고 있습니다. 그로 인해 청군의 기병 유지에 결정적 문제
가 발생했고요."

백동수가 다시 나섰다.

"지난 전투에 이어 이번 전투에서도 청군 기병이 거의 힘
을 쓰지 못하고 있습니다. 그 이유가 방금 총참모장의 지적
때문일 겁니다. 청군 기병이 무력한 지금, 우리 기병이 청군
진영을 휩쓴다면 큰 전과를 거둘 것입니다."

세자도 여기에 몇 마디 첨언을 했다.

이 제안에 모든 지휘관이 적극 동의했다.

최고지휘부의 결정 사항은 곧바로 예하 부대로 전달되었다.

작전 계획이 변경되었으나 대체적인 상황은 달라지지 않
았다. 청군의 무모한 돌격에 조선군은 진황도와 비슷한 작전
을 전개했다.

조선군은 청군의 공세에 맞서 싸우다가 시기가 되면 질서
있게 물러섰다. 그런 퇴진이 십여 차례 이어지면서 청군 전
력은 무수히 갈려 나갔다.

그럼에도 청군은 공세를 강화해 나갔다.

바로 이때였다.

두! 두! 두! 두!

외곽을 돌며 청군을 압박하던 조선 기병여단이 돌연 방향
을 틀었다. 그리고 방어선을 격파하며 전진하는 청군 진영을

그대로 파고들었다.

보병이 기병을 맞상대하려면 적어도 10배의 전력이 필요하다. 그런데 방어선을 돌파하던 청군이 1만의 조선 기병을 맞상대할 수 있는 병력은 고작 수천에 지나지 않았다.

조선 기병은 돌격을 감행하던 청군의 옆구리를 치고 들어갔다. 그런 기병은 곡도를 이용해 청군을 사정없이 척살해 나갔다.

그렇게 청군 선두를 박살 내며 진영을 빠져나간 조선 기병이 선회했다. 그리고 그다음 방어선에 머물러 있던 청군을 향해 돌진했다.

보병이 기병을 상대하려면 제대로 된 방어구와, 활이나 장창이 있어야 한다. 그러나 돌격을 감행하고 있는 청군에게 기병을 상대할 수 있는 무기가 있을 리 만무했다.

조선 기병은 이런 청군을 방어선을 경계로 차곡차곡 정리했다. 방어선을 10개나 돌파하면서 병력이 분산된 청군에게 조선 기병은 재앙이었다.

조선 기병의 공세를 몇 번이나 당한 청군은 더 이상 버티지 못했다. 청군은 방어선의 병력을 버려둔 채 그대로 퇴각했다.

이것이 신호였다.

"전군, 진격하라!"

그동안 질서 있게 퇴각하며 병력을 비축하고 있던 조선군이 드디어 공세로 나섰다. 조선군은 방어선의 사이에 고립된 청군에 무차별 총격을 가했다.

방어선과 철조망에 가로막힌 청군은 조선군의 대공세에 속수무책이었다. 청군의 상당수는 그 자리에서 무기를 버리고 바닥에 엎드려 항복했다.

조선군은 항복한 청군을 그대로 넘어갔다. 이들에 대한 처리는 가장 후미의 부대가 전담하였기 때문이다. 이런 처리 덕분에 조선군의 전진은 의외로 빨리 곧 청군의 후미를 따라붙었다.

탕! 탕! 탕! 탕!

조선군은 청군에 무차별 총격을 가했다.

사격을 마친 조선군은 그 자리에 무릎을 꿇고서 새로 장전했다. 그렇게 잠깐 생긴 틈도 뒤따르는 아군이 바로 채웠다.

이어서 재장전을 마친 조선군은 다시 일어나 전방으로 달려 나갔다. 조선군의 이런 유기적인 움직임으로 사격은 끊이지 않고 이어졌다.

도주하는 청군은 막대한 병력 손실을 입어 가며 겨우 당산성에 도착했다. 그런데 당산성은 거성이 아니어서 병력을 받아들이는 데 한계가 있었다.

더구나 조선군이 후미를 바짝 물고 들어오는 상황이었다. 어느 순간 당산성의 청군은 병력이 모두 들어오지 않았음에도 성문을 닫아걸었다.

성을 지켜야 하는 청군으로선 어쩔 수 없는 선택일 수가 있었다. 그러나 남은 청군 병력에게는 청천벽력이나 다름없었다.

성문 앞은 아비규환이 되었다.

청군은 통곡하고 울부짖었다.

"문을 열어 주세요!"

"우리는 살고 싶습니다!"

"제발 성문을 여세요!"

쾅! 쾅! 쾅!

수많은 병사들이 성문을 두드렸다. 그러나 한 번 닫힌 당산성문은 꼼짝도 하지 않았다.

이때였다.

성루로 십여 명의 무관이 올라왔다. 그런 무관 중 한 명이 앞으로 나와 칼을 빼 들었다.

구문제독 파뢰였다.

"성이 작아 더 이상의 병력을 받아들일 수가 없다! 그러니 너희들은 몸을 돌려 조선군과 맞싸우도록 하라! 너희들이 조선군과 싸워 이긴다면 황제 폐하께 그 공적을 보고해서 크게 포상하겠다!"

누군가 소리쳤다.

"대인! 여기서 어떻게 조선군과 싸운단 말입니까? 조선군은 조총과 대포로 무장해 있습니다! 그러나 우리는 겨우 칼과 창뿐입니다! 조선군과 싸우라는 명을 내리실 거라면 적어도 활이라도 지원해 주십시오!"

이 말을 한 사람은 청군의 한족 무장이었다.

파뢰도 안면이 있는 무장이었기에 그를 달랬다.

"귀관도 알다시피 활은 지난 전투에서 거의 소진되었다. 그래서 활은 성을 방어해야 하는 우리도 부족한 형편이다. 그러니 아쉽더라도 병력을 수습해서 조선군과 싸우도록 하라."

한족 출신 무장이 바로 말을 받았다.

"그렇다면 어쩔 수 없지요. 하오나 대인, 조선군은 30만이 넘은 병력입니다. 그런 조선군과 맞싸우기에는 우리 병력이 너무 적습니다. 그러니 안에 들어가서 싸우도록 해 주십시오."

파뢰가 고개를 저었다.

"미안하지만 더 이상 병력을 받을 수가 없다. 그러니 귀관에게 전권을 줄 터이니 어서 병사들을 수습해 조선군과 싸우도록 하라."

"아……! 알겠습니다."

욕이 목구멍까지 치밀어 올랐다.

그러나 한족 출신 무장은 꾹 참고서 고개를 숙였다. 그런 무장을 파뢰가 한껏 격려해 주었다.

"최대한 버텨 보라. 지금의 우리로서는 수단 방법을 가리지 않고 조선군을 막아야 해. 지원을 해 주지 못해 미안하다."

"알겠습니다, 대인."

한족 출신 무장이 몸을 돌렸다.

그런 무장은 자신을 향해 쏟아지는 원망의 시선과 마주해야 했다. 그것을 본 무장은 바로 명령을 내릴 수가 없었다.

그도 명령을 내리는 게 죽기보다 싫었다.

그러나 그는 항명을 할 수는 없었다. 그랬다간 전쟁의 승패와 관계없이 자신의 가문은 역적으로 낙인이 찍히게 된다.

한족 출신 무장이 이를 악물었다.

"우리는 군인이다. 군인은 명령에 살고 명령에 죽는다. 그런 우리는 온몸을 던져서라도 한 명의 조선군을 죽여야 한다. 그러니 각 무장은 서둘러 병사들을 수습해 전열을 정비하라!"

그의 설득이 주효했다.

주변에 있던 무장들이 마음을 다잡았다.

그런 무장들은 병사들을 독려하려 했다. 그러나 이들이 행동에 나서기도 전에 후미의 병력이 몰려들었다.

몰려든 병사들은 문이 닫힌 것을 파악하고는 거의 난동을 부렸다. 어떤 병사들은 성안의 청군을 향해 온갖 악담을 퍼부었다.

전열을 정비하려던 무장들은 이런 분위기에 휩쓸려 목소리도 내지 못했다. 조선군이 성문으로 다가올수록 청군의 비명과 고함은 더 커졌다.

그런데 놀라운 일이 벌어졌다.

무섭게 전진하던 조선군이 발을 멈추었다. 그런 조선군에서 무관과 몇 명의 병사들이 나왔다.

비명과 고함을 지르며 두려움에 떨던 성문 앞의 청군이 하나둘 입을 다물었다. 그러다 모두의 입이 다물리는 순간 조선 무관이 소리쳤다.

"성문 앞의 청군은 항복하라! 항복하면 반드시 목숨은 살려 주겠다! 그러니 더 이상 무모한 저항을 하지 말고 순순히 무기를 버리고 나와라!"

청군 병사들이 크게 동요했다.

조선군 무장이 다시 소리쳤다.

"우리 조선군은 저항하는 자들은 절대 살려 두지 않는다! 그러나 항복하면 반드시 목숨은 살려 주겠다!"

이때 청군의 누군가 소리쳤다.

"항복한다고 그냥 풀어 주지는 않을 거 아닙니까?"

"물론이다! 너희들은 포로다! 그래서 일정 기간 노역에 동원될 것이다! 그 기간 우리의 지시에 잘 따른다면 풀어 줄 것이다!"

"얼마나 노역을 해야 한단 말입니까?"

"10년이다."

10년이란 말에 크게 술렁였다.

조선군 무장이 다시 소리쳤다.

"10년은 결코 긴 시간이 아니다! 너희 청군들은 징집되면 죽을 때까지 병졸로 살아야 한다! 만일 여기서 살아남는다고 해도 너희는 분명 강남으로 내려가 백련교와 싸워야 한다! 그렇게 되면 십중팔구는 죽게 될 것이다!"

다시 청군이 크게 술렁였다. 그런데 이번의 술렁임은 조금 전과는 전혀 다른 의미였다.

"그리되면 너희 대부분은 죽게 되어 있다. 그런 억울한 죽음보다 기한이 정해진 노역이 너희에게는 훨씬 좋다. 우리 조선 속담에 개똥밭에 굴러도 이승이 좋다고 했다. 너희 중 죽고 싶은 사람은 아무도 없을 것이다."

조선군 무장이 성을 가리켰다.

"저 성안의 병사들을 부러워하지 마라. 저들은 우리가 공격을 시작하면 대부분 죽어 나간다. 그런 성안 병사들에 비하면 너희들은 선택된 자들이다. 허니 무모한 저항을 포기하고 항복하라!"

조선군 무장의 논리정연한 말에 청군의 분위기는 급격히 변했다.

그러자 이런 분위기를 한족 출신 무장이 바꾸려고 나섰다.

그러나 그보다 먼저 청군 병사들이 움직였다.

쨍그랑! 쨍그랑!

청군 병사들은 갖고 있던 무기를 버렸다. 그러고는 두 팔을 들고서 앞으로 나섰다.

"잘 생각했다. 항복한 병사들은 서둘러 나와라! 공연히 거기에 있다가 성안 병사들의 해코지를 당할 수 있다!"

이 말이 신호였다.

"항복합니다!"

"나는 살고 싶다."

"그래, 아무리 힘들어도 이승이 낫다."

봇물 터지듯 청군 병사들이 무기를 버리고 달려 나왔다. 갑작스러운 상황에 한족 출신 무장은 크게 당황했다.

그는 몇 번이고 고함을 지르려고 했다.

그러나 그는 마음속에서 들려오는 울림에 결국 칼을 던졌다. 그렇게 칼을 던진 한족 출신 무장은 두 팔을 들고서 앞으로 달려 나갔다.

그러자 성루에 이를 지켜보던 파뢰는 크게 당황했다. 그러던 그는 이를 부득부득 갈며 분노했다.

"이, 이놈! 한족 출신이어도 그동안 내가 얼마나 저를 신임했는데, 그런 나를 배신하고 항복을 해? 으득! 두고 보자 이놈! 내가 북경으로 돌아가면 너의 가족은 삼대가 아니라 오대를 잡아들여 전부 효수시켜 버릴 거다."

옆에 있던 청군 무장이 소리쳤다.

"대인! 항복은 곧 배신입니다! 배신한 놈들을 그대로 두고 볼 수는 없습니다! 하오니 저놈들을 공격하게 해 주십시오!"

파뢰는 즉시 승인했다.

개혁군주

"좋다! 배신한 저놈들을 모조리 결딴내라!"

지시가 떨어지자 청군 무장이 소리쳤다.

"모두 활을 들어 쏴라! 항복하는 놈들은 배신자들이다. 저들을 조선군에 넘겨주면 안 된다. 그러나 모두 활을 들어 저놈들을 쏴 죽여라!"

청군은 지시를 받고는 주춤했다. 그러나 옆에 있던 독전관이 칼을 빼 들자 이내 화살을 장전했다.

"쏴라!

수백 발이 하늘을 날았다.

한족 출신 무관은 두 팔을 들고 빨리 걸었다.

그러던 그는 문득 등 뒤의 느낌이 섬뜩해 자신도 모르게 고개를 돌렸다. 그는 시야에 하늘을 가득 메우고 날아오는 화살을 보고는 하얗게 질렸다.

그러다 이내 이를 뿌득 갈았다.

"으득! 파뢰, 이 비겁한 놈! 나에게는 활이 없다고 하더니 저렇게 많은 화살을 쏘아 대고 있구나."

이러던 그가 소리쳤다.

"빨리 달려라! 성에서 우리를 겨냥해 화살을 쏘았다! 어서 달려 나가라!"

한족 출신 무장이 팔을 내리고 뛰면서 거듭 소리쳤다. 그의 말을 들은 병사들은 설마 하는 생각에 고개를 돌렸다가는 화들짝 놀랐다.

"으아! 도망쳐라!"

"저놈들이 조선군보다 더 악질이다! 성문도 열어 주지 않더니, 이제는 화살로 우리를 쏘아 죽이려고 한다!"

"서둘러 도망쳐라!"

한족 출신 무장은 병사들을 독려하면 달렸다. 그렇게 정신없이 달리던 그는 갑자기 등에 엄청난 둔통을 느끼면서 숨이 턱 막혔다.

"어, 헉!"

날아온 화살이 달리던 그를 때렸다. 그 반동에 한족 출신 무장은 몇 바퀴 앞으로 구르며 쓰러졌다.

항복을 권유하던 조선군 무장은 항복한 청군 병사들에게 손짓으로 방향을 지시하고 있었다.

그는 한족 출신 무장의 활약을 눈여겨보고 있었다. 그러다 날아온 화살에 맞아 쓰러지는 것을 보고는 앞으로 뛰어갔다.

그렇게 달려간 무장은 한족 출신 무장을 급히 안아 들었다.

"으으!"

"정신 차리시오. 여기서 정신을 잃으면 큰일 납니다."

조선 무장이 능숙한 한어로 그를 다그쳤다.

한족 출신 무장은 순간 울컥했다. 청군은 자신을 죽이려고 하는데, 적이었던 조선군은 거꾸로 자신을 구하려 애쓰고 있었다.

"으으! 누구신지 모르지만 고맙소이다."

"인사는 나중에 합시다. 지금은 살아나는 것이 우선이오."

조선군 무장이 그를 둘러멨다. 그러고는 오던 길을 따라 달렸다. 그 모습을 본 청군 병사들은 이전보다 더 빨리 달려 화살의 사정거리를 벗어났다.

청군은 이후 몇 차례 화살을 날렸다. 그러나 항복한 청군 병사들의 재빠른 도주에 별다른 성과를 거두지 못했다.

한족 무장을 메고 온 조선 무장은 그를 급히 위생병에게 인계했다. 그런 뒤 항복한 청군 병사들이 있는 곳으로 달려가 최선을 다해 통제했다.

갑자기 수만의 병력이 항복했다.

전혀 생각지도 않은 상황이 발생했으나, 조선군은 침착하게 업무를 처리했다. 청군 병사들은 성안의 청군이 자신들을 죽이려 했던 사실에 분노했다.

포로들은 조선군의 통제에 적극 동조했다. 그 바람에 조선군의 통제는 일사불란하게 진행되었다.

첫날의 전투는 이렇게 끝났다.

❈

다음 날이 되었다.

세자는 항복한 청군 병력부터 처리하게 했다. 아무리 청군이 대처가 잘못되었다고 해도 수만의 병력은 쉽게 다룰 성질이 아니었다.

조선군은 1개 사단 병력을 차출해 항복한 병력을 진황도로 보냈다. 이른 새벽부터 진행된 조치가 끝나자 조선군은 당산성을 포위했다.

성을 포위한 조선군은 이전처럼 격렬한 포격전을 전개했다. 며칠 동안 진행된 포격에 성안 청군의 피해는 막심했다.

그럼에도 청군은 쉽게 무너지지 않았다. 아니, 바로 다음이 북경이어서 무너질 수도 없었다. 더구나 조선군이 사방을 완전히 막고 있어서 도망칠 수도 없는 상황이었다.

절박함이 전투 의지를 높였다.

청군은 조선군의 고폭탄이 성벽 위를 쓸어버리면 곧바로 다른 병력이 올라와 빈자리를 채웠다. 이전의 무력한 모습과는 다르게 청군도 사생결단의 자세로 나왔다.

조선군도 항복을 권유하지 않았다.

그렇다고 이전처럼 병력을 투입하지도 않았다. 성을 사수하려는 청군을 향해 병력을 투입했다가는 큰 피해를 입을 가능성이 높기 때문이다.

그 대신 새로운 무기를 들고나왔다.

드르륵!

그것을 본 조선군이 소리쳤다.

"와! 철로 만든 충차와 망루다!"

놀랍게도 조선군은 구식 공성 무기인 충차와 망루를 들고 나온 것이다.

두 무기는 본래 목재로 만들었으며, 여기에 철판을 덧대었다. 그러나 조선군의 충차와 망루는 전부가 철강으로 되어 있었다.

조선군은 공성전에 대비해 미리 규격화된 공성 무기를 만들어 두었다. 그런 무기가 지금까지 사용되지 않고 있었다. 그만큼 그동안의 전투가 일방적이었으나, 지금의 전투는 상황이 달랐다.

충차와 망루는 부품을 본토에서 공급받았다. 그런 부품을 현장에서 조립해서 투입했다. 이런 충차와 망루가 이십여 대가 동원되었다.

충차와 망루의 무게는 상당했다.

세자는 처음 증기기관을 동력원으로 사용하려고 했다. 그러나 증기기관은 충격에 약해 자칫 아군에 심대한 피해를 입힐 수 있는 단점이 있었다.

그래서 고심 끝에 찾아낸 방식이 자전거의 체인과 도르래를 접목한 방식이었다. 이렇게 하자 속도는 빠르지 않았지만 안정감이 뛰어났다.

"영차! 영차!"

조선군 병사들은 힘을 내 충차와 망루를 이동시켰다. 충차와 망루는 천천히, 그리고 꾸준히 전진했다.

사면에 5대씩의 공성 무기가 투입되면서 전투 상황은 급격히 변했다. 가장 먼저 오폭을 방지하기 위해 조선군의 포격이 멀어졌다. 그 바람에 성안의 청군이 대거 성벽으로 몰렸다.

이러한 청군의 대응은 재앙이 되었다.

철컹!

꾸준히 전진하던 충차에서 작은 철문이 열렸다. 그렇게 열린 철문으로 놀랍게도 구경이 작은 야포가 튀어나왔다.

깜짝 놀란 청군이 소리쳤다.

"충차에 대포가 거치되어 있다! 피해라!"

쾅! 쾅! 쾅! 쾅!

구경이 작은 야포지만 그래도 파괴력만큼은 상당했다. 더구나 성벽과는 수십 미터도 떨어지지 않은 곳에서의 포격은 엄청난 위력을 발했다.

꽈꽝! 꽝! 꽝!

청군의 화포는 조선군의 포격에 대부분이 기능을 이미 상실했다. 그래서 충차의 조선군 야포 공격에 청군은 속수무책이었다.

충차에는 야포만 있는 게 아니었다. 충차를 밀던 병력이 위로 올라가 성벽의 청군을 저격했다.

탕! 탕! 탕! 탕!

이뿐이 아니었다. 망루에서도 수십 명이 청군을 저격하면서 성벽은 순식간에 피로 물들었다.

20대의 충차와 망루에서의 포격과 저격은 한동안 지속되었다. 소형 야포의 포격으로 성벽에 있던 성가퀴 대부분이 무너졌다.
　은폐할 곳이 없어진 청군은 피해가 대폭 증가되었다. 그럼에도 꾸역꾸역 성벽으로 올라왔고, 조선군은 그런 청군에 조금의 틈도 허용하지 않았다.
　충차와 망루 공격은 한나절 동안 지속되었다. 그러는 동안 성벽의 청군을 너덜거릴 정도로 박살 내고는 해가 저물자 일단 퇴각했다.

❄

　그리고 다음 날.
　새벽부터 조선군의 공격이 시작되었다.
　이날의 공격은 전날과 또 달라졌다. 망루의 조선군이 처음으로 불화살을 적의 성안으로 날리기 시작했다.
　청군에게는 설상가상이었다.
　며칠간의 포격으로 이미 성안 곳곳이 불타오르고 있었다. 이런 상황에서 날아든 불화살은 이내 성 전체를 불바다로 만들었다.
　불은 사람을 공포로 몰아간다. 그러나 더 큰 문제는 직접적인 피해를 입히며, 필요한 물자를 망친다는 점이다.

청군은 포격에 나름대로 철저하게 대비해, 각종 물자를 분산해 두고 있었다. 이런 물자에 불화살이 날아들면서 피해가 급격히 발생했다.

이런 상황에서 충차가 조금씩 전진했다. 충차에는 전날보다 더 많은 병력이 숨어 있었다.

이들은 충차가 멈추면 강력한 공격으로 성벽의 청군을 압살했다. 그러다가는 다시 전진해서 거리를 좁히고서 공격을 재개했다.

망루도 마찬가지여서, 불화살과 소총으로 성벽을 연속으로 난타했다. 20대의 공성 무기의 위력은 대단했다.

청군도 나름대로 반격을 하기는 했다.

그러나 전체가 철로 만들어진 충차와 망루를 공격할 방법이 없었다. 거꾸로 공격을 하다가 조선군의 집중 공격을 당해 피해만 급격히 늘어났다.

그러던 어느 순간이었다.

갑자기 충차의 지붕이 열리더니, 공격으로 빈 성벽에 철로 만든 사다리가 걸쳐졌다. 그 사다리를 통해 조선군이 성벽으로 쏟아졌다.

탕! 탕! 탕! 탕!

조선군의 돌격 방식은 달라지지 않았다.

최후의 한 발로 적군을 저격하고는 바로 대검으로 주변 적군을 타격했다. 이러한 총검술의 공격에 제대로 반격을 하는 청군은 거의 없었다.

"으아!"

선발대가 교두보를 확보하자 충차와 망루의 조선군이 성벽으로 뛰어들었다. 그렇게 넘어간 청군이 성벽을 점령한 것은 순식간이었다.

그리고 일방적인 전투가 시작되었다.

사방에서 휘몰아치는 열풍

성벽을 빼앗긴 청군은 나름대로 최선을 다해 저항하려 했다. 많은 병력이 죽어 나갔지만, 그래도 성안에는 많은 병력이 남아 있었기 때문이다.

청군은 성안 병력을 모조리 동원해 거세게 저항했다.

죽기를 각오하고 덤벼드는 적과 싸우다 보면 기가 질리기 마련이었다. 그러다 보면 생각지도 않은 틈이 생긴다. 그러한 빈틈은 종종 역전의 빌미가 되기도 한다.

그러나 조선군은 생각 자체가 달랐다.

조선군은 애초부터 성안의 청군을 완전히 밟아 버릴 작정을 했다. 그런 조선군에게 무작정 덤벼드는 청군은 오히려 손쉬운 과녁에 지나지 않았다.

조선군은 보유한 박격포를 모조리 동원했다. 그리고 성안 곳곳에 무차별 포격을 감행했다.

항복을 받아 낼 생각이 없었다. 성안 적군을 전멸시킬 생각으로 무차별 포격을 가했다. 여기에 불화살까지 가세하면서 당산성은 속절없이 무너져 내렸다.

구문제독 파뢰는 끝까지 저항하려 했다.

여기서마저 패배한다면 그는 살아도 산목숨이 아니었기 때문이다. 더구나 사방이 포위된 상황에서 도주할 곳도 마땅히 없었다.

그렇다고 항복할 수도 없었다.

파뢰는 북경에 남은 가족을 위해서라도 끝까지 싸워야 했다. 다른 지휘관도 사정은 마찬가지여서, 누구도 항복하자는 말을 거론하지 않았다.

쾅!

이런 항전 의지도 이들이 숨어 있던 전각에 포탄이 떨어지면서 하무하게 끝났다. 청군 지휘부가 대부분 폭사하면서 청군은 결국 백기를 내걸었다.

여기까지 만 하루가 걸렸다.

조선군도 청군도 길고 긴 하루였다. 청군은 이날 하루 동안 가장 많은 사상자가 발생했다.

조선군도 공성전에서 처음으로 천 단위 사상자가 발생했다. 그만큼 청군의 저항은 거셌다.

그야말로 지옥이나 다름없는 하루였다.

성안의 청군은 항복이 받아들여지자 그대로 주저앉았다. 청군은 하루에 모든 정열을 쏟아부어서인지 눈빛마저 죽어버렸다.

당산을 점령한 조선군은 여세를 몰아 파죽지세로 진격했다. 당산에서 북경까지는 130여 킬로미터로, 대규모 병력이 이동하려면 열흘 정도 걸린다.

조선군은 진격 도중에 천진으로 해병대 병력을 보냈다. 그리고 손쉽게 천진을 점령하면서 북경의 수운(水運)을 끊어 버렸다.

북경은 강남의 물산을 대륙을 관통하는 대운하를 통해 공급받아 왔다. 대운하는 천진을 거쳐 북경으로 들어가는데, 조선군이 그 길목을 자른 것이다.

물론 북경에는 만일에 대비해 엄청난 군량을 비축해 놓고 있었다. 그러나 수운이 끊겼다는 자체만으로도 북경 민심이 들끓었다.

북경성은 늘 같은 자리에 있지 않았다.

북경에 새로운 왕조가 들어설 때마다 북경성의 위치는 조금씩 변했다. 그런 북경성이 지금처럼 내성과 외성으로 구분된 시기는 명나라 때다.

명나라는 본래 성벽을 하나로 쌓았다.

그러다 몽골의 잦은 외침과 인구가 대폭 증가하면서 좁은 성이 문제가 되었다. 가정제가 이런 문제를 해결하기 위해 외성 신축을 추진했다.

외성은 본래 내성을 완전히 둘러싸려 했다. 그러나 예산이 부족해 남쪽에만 외성을 쌓고 말았다.

청나라는 이런 북경을 넘겨받아서는 그대로 유지했다. 그리고 명나라의 상황이 지금까지 이어지면서 북경 외성은 남쪽에 한정되었다.

이런 북경에 패배 소식이 날아들자, 먼저 외성에서 피난민 대열이 대거 형성되었다. 그러다 조선군 기병이 북경 근처에 출몰하면서 상황이 달라졌다.

내성의 만주족도 피난 대열에 합류했다.

그러다 조선군 본진이 며칠 거리로 다가서면서 상황은 더 달라졌다. 황실의 눈치를 보던 왕공 귀족들도 속속 피난 대열에 합류했다.

처음의 피난민들은 최대한의 우마차를 동원해 온갖 짐을 다 쌌다. 그러다 조선군이 다가올수록 짐의 부피는 점점 줄어들었으며, 나중에는 몸만 빠져나가려는 자들로 북새통이 되었다.

청국 조정은 이런 상황에서 거의 손을 놓고 있었다.

구문제독 파뢰가 정동대원수가 되면서 휘하 병력 대부분도 함께 출정했다. 그런 파뢰가 당산 전투에서 전사하면서 북경 치안이 갑자기 공백을 맞았다. 청국 조정은 급히 금군이라도 풀려고 했으나 황실이 반대하는 바람에 무산되었다.

그 바람에 북경 치안은 엉망이 되었다.

물론 구문제독이 지휘하는 병력 수천여 명은 남아 있었다. 그러나 지금과 같은 상황에서 이 정도의 병력은 별 도움이 되지 않았다.

이 병력은 북경 내성과 외성의 성문을 지키는 것에 급급한 정도였다. 더구나 이들도 제대로 지휘 계통이 서지 않아 상당수 병력이 사라졌다.

가경제가 길게 한숨을 내쉬었다.

"후! 참으로 답답하구나. 정녕 악귀와 같은 조선군을 막을 방도가 없단 말인가?"

대전에 있는 수십 명의 대신이 하나같이 고개를 들지 못했다. 연신 한숨을 내쉬던 황제가 그런 대신들을 바라보며 안타까워했다.

"무슨 말이든지 해 보시오. 이런 상황에서 무엇을 두려워할 게 있다고 전부 입을 다물고 있는 거요? 짐이 어떤 말이든지 수용할 터이니 누구든 나서서 혜안을 내 보시오."

황제의 재촉이 이어졌으나 누구도 입을 열지 못했다. 자금성 대전에는 침묵이 이어졌다.

그런 침묵을 밖에서 깼다.

"폐하! 몽골에서 급보가 날아왔사옵니다."

가경제의 눈이 커졌다.

"급보라니! 어서 들어와 고하도록 하라."

황제의 허락에 청군 무장이 황급히 들어와 무릎을 꿇었다. 그런 무장의 온몸은 북방의 먼지로 뒤덮여 있었다.

"지금 어디서 오는 길이냐?"

"고륜(庫倫)에서 왔사옵니다."

고륜은 오리아소대장군부가 있는 지역이다. 고륜이라는 말에 가경제의 안색이 대번에 변했다.

"몽골 초원에 무슨 일이 생긴 것이냐?"

청군 장수가 바짝 몸을 낮췄다.

"아뢰옵기 황공하오나 고륜이 조선 기병에 함락되었사옵니다."

가경제가 펄쩍 뛰었다.

"뭐가 어쩌고 어째? 고륜이 함락되었어? 고륜을 지키는 우리 병력은? 오리아소대장군은 어떻게 되었느냐?"

"안타깝게도 오리아소대장군은 조선군의 포격에 전사하셨습니다. 고륜을 지키던 우리 병력 대부분도 전사하였고요."

가경제가 머리를 짚고 주저앉았다.

"아아! 이를 어쩌면 좋단 말인가?"

영시위내대신이 급히 나섰다.

"어떻게 된 상황인지 상세히 보고하라."

"며칠 전 조선 기병군단이 고륜을 공격했사옵니다. 그런데 놀랍게도 기병이 화포를 보유하고 있었사옵니다. 그것도 한두 문도 아닌 수백 문이나 되었고요. 그런 포격이 집중되면서 성벽이 낮은 고륜은 며칠 견디지도 못하고 무너졌사옵니다."

영시위내대신의 안색이 해쓱해졌다.

"아아! 요동과 만주에서도 조선군 기병의 화포 공격이 대단하다고 했다. 그런데 몽골에서도 그런 일이 발생했구나."

누군가 나섰다.

"그렇게 급박한 소식을 왜 이리 늦게 전한 것이냐?"

"어쩔 수 없는 일이 발생했습니다. 소장이 급히 소식을 전하려 달려 내려오고 있는 도중, 내몽골 지역에서 수많은 조선 보병부대를 만났습니다. 그래서 그 부대를 피하느라 멀리 돌아오는 바람에 이틀의 시간을 허비했사옵니다."

"조선 보병이 내몽골에 출현했다고?"

"그렇사옵니다. 지금쯤 장가구에 도착했을 가능성이 높사옵니다."

가경제가 용상의 손잡이를 쳤다.

탁! 탁! 탁!

"큰일이구나. 몽골 초원까지 조선군이 진출했다면 우리 대청의 안위는 바람 앞의 등불이 되었어."

내각대학사가 급히 나섰다.

"폐하! 아직은 절망하실 때가 아니옵니다. 몽골에는 각지에 귀족들이 세거해 있사옵니다. 우리 대청이 위기에 몰린 사실을 알게 되면 그들이 거병해서 조선군과 맞싸울 것이옵니다."

가경제가 고개를 저었다.

"몽골 귀족들은 믿을 게 못 된다. 그들은 짐이 목란위장(木蘭圍場)에서 병력을 점검할 때마다 충성 맹세를 조건으로 노골적으로 금전을 요구했던 자들이다. 그런 자들은 우리가 비세인 것 알면 바로 안면몰수 할 거야."

"그렇지 않사옵니다. 폐하께서는 대초원의 주인이신 가한이옵니다. 지금 당장 가한의 명으로 몽골 귀족들에게 전 병력을 거병해 우리를 도우라고 하십시오."

영시위내대신도 적극 동조했다.

"내각대학사의 말씀대로 하십시오. 초원에는 초원의 법이 있사옵니다. 폐하께서 가한의 위엄으로 황명을 내리시면 모든 몽골 귀족이 거기에 따를 것이옵니다."

가경제가 쉽게 명을 내리지 못했다.

"공연히 명을 내렸다가 저들이 불응하면 어떻게 하느냐?"

"명을 따르지 않으면 초원의 법대로 처리한다고 선포하시면 됩니다. 초원에서 가한의 명령을 따르지 않으면 공적으로 지목됩니다. 아울러 귀족의 작위는 박탈되고, 그가 이끄는 부족은 누구의 도움도 받지 못하게 됩니다."

거듭되는 재청에 결국 가경제가 승인했다. 그로서도 청국으로서도 물불 가릴 처지가 아니었다.

"좋다! 경들의 의견을 받아들이겠다."

개혁군주

"현명한 결단입니다."

"지금 즉시 초원의 몽골 귀족들에게 전령을 띄워라. 모든 초원 부족이 거병해 조선을 몽골 초원에서 몰아내도록 하라!"

"예, 폐하!"

새로운 황명이 떨어지자 대전의 분위기가 급격히 달아올랐다. 그러나 이러한 분위기는 뒤따라 들어온 급보에 급전직하했다.

"폐하! 강남에서 급보가 도달했사옵니다."

황제의 안색이 크게 변했다.

하루에 연달아 2건의 급보가 당도한 적은 지금까지 한 번도 없었다. 그런데 그 급보가 북방에 이어 이번에는 강남이라고 한다.

갑자기 불안감이 엄습한 가경제가 주춤했다. 그러나 시간을 끈다고 해서 전령이 돌아가지는 않는다.

"……들어와서 고하라!"

전령이 들어와 부복했다. 그리고 두 손을 높이 들어 전문을 바쳤다.

대전 환관이 그 전문을 받아서는 공손히 황제에게 바쳤다.

쾅!

전문을 읽던 가경제가 대노했다.

"이게 대체 무슨 말도 안 되는 소리야? 한낱 사교에 불과한 백련교가 건국한다고 설치다니. 대체 나라가 어떻게 되려고 안팎으로 온갖 문제가 터져 나온단 말인가?"

분노를 표출하던 가경제가 활활 타오르는 눈길로 대신들을 둘러봤다. 그런 가경제의 눈길에 청국 대신들은 하나같이 몸을 숙였다.

"하찮은 사교 따위가 나라를 세우겠다고 천명했다. 저들이 사특한 말을 입에 올렸다는 건 이미 오래전부터 준비해 왔다는 뜻이다. 그런데 어떻게 짐은 그에 대해 어떠한 보고도 받지 못한 것이냐?"

대신들이 머뭇거리며 대답을 못 했다.

쾅!

가경제가 손잡이를 다시 내리쳤다.

"누구든 말을 해 보라! 정녕 그대들은 짐을 눈뜬 봉사로 만들려고 하는 건가?"

이때 황실 종친 한 명이 나섰다. 그를 본 가경제의 눈이 더없이 커졌다.

"아니! 형님이 어인 일로 나서신 것입니까? 혹시 의친왕 형님께서는 이와 같은 사실을 알고 계셨습니까?"

앞으로 나선 황족은 화석의친왕(和碩儀親王) 영선(永璇)이다. 영선은 가경제의 이복형으로, 나이가 황제보다 스무 살이나 많다.

영선은 지금까지 조회에 거의 참석하지 않았다. 그렇게 하는 것이 나이 어린 황제에 대한 예의라 생각했기 때문이다.

그렇게, 황제의 치세를 위해 십여 년을 은인자중하던 영선

개혁군주

이 대전회의에 참석했다. 그만큼 청국의 명운이 백척간두라는 의미나 다름없었다.

영선이 두 손을 모아 쥐었다.

"폐하! 황망한 일이오나, 신은 지난해 초부터 사교들이 불측한 일을 획책하고 있다는 말을 듣고 있었습니다."

"지난해 초라고요?"

"그러하옵니다."

"그러면 왜 짐에게 그러한 일이 있다고 말을 하시지 않은 겁니까?"

"너무 참람한 말이어서 믿지 않았습니다. 그리고 혹여 폐하께서 그와 같은 보고를 접하고 대로하실 것이 저어되기도 했사옵니다. 그래서 신이 직접 폐하를 뵙고 대규모 병력을 내려보내라고 청원을 드렸던 것이옵니다. 화근을 아예 없애면 된다는 생각에서요."

가경제의 입에서 탄성이 터졌다.

"아아! 그랬군요. 그래서 지난해 초에 형님께서 갑자기 짐을 찾아와 그런 말씀을 하셨던 것이군요."

"다행히도 폐하께서는 당시 신의 청원을 받아들여 주셨습니다. 그래서 오십여만의 병력을 징집해 강남으로 내려보냈고요. 신은 그 정도면 백련교의 반란을 충분히 제압할 거라고 예상했사옵니다."

가경제도 인정했다.

"맞습니다. 형님의 모처럼의 제안을 짐이 받아들였지요. 그렇게 내려간 병력이 큰 활약을 펼치면서 초기에는 백련교를 상당히 밀어붙였고요."

"예, 폐하. 그런데 백련교의 무장이 갑자기 대폭 증대되면서 상황이 달라졌습니다. 그러면서 아군이 강남 일대에서 급격히 밀리기 시작했고요."

가경제가 안타까워했다.

"그게 변곡점이었습니다. 당시 조금만 더 밀어붙였다면 끝장을 볼 수 있었을 겁니다."

"상황을 역전시킬 절호의 기회였지요. 그런데 지금 와서 보니 당시 사교의 무장이 갑자기 증대된 원인이 있었습니다."

"원인이라니요?"

영선이 거침없이 대답했다.

"분명 조선이 대대적으로 지원해 주었을 겁니다."

"아! 조선이요?"

"그렇사옵니다. 조선은 아마도 그 이전부터 백련교를 지원했을 겁니다. 백련교는 처음부터 상당한 무장을 갖추고 있었습니다. 그 바람에 우리의 진압이 어려워 지금에 이르렀고요."

가경제가 용상에서 벌떡 일어났다

"맞아요. 모든 원인은 조선이었습니다. 반군이라는 무리가 우리 대청의 정규군보다 무장이 뛰어나다는 보고가 짐은 늘 이상했습니다. 그러나 사교들이 양이의 도움을 받았을 거

개혁군주

라 짐작했기에 광저우의 양이들을 집중 감시해 왔는데 원인
은 따로 있었습니다."

내각대학사가 격하게 자책했다.

"그 모두가 조정의 실책이옵니다. 만일 우리 조정이 조선
에 대한 경각심을 풀지 않았다면 이런 일은 일어나지 않았을
것이옵니다."

이어서 몇몇 대신들이 여기에 가세했다.

의친왕 영선은 그런 대신들을 보며 일갈했다.

"나라가 백척간두의 위기 상황인데, 지금 대체 무슨 말들
을 하는 건가!"

대전이 조용해졌다.

영선이 몇몇 대신들을 노려봤다.

"지금까지 경들은 조정 최고의 자리에서 온갖 영화를 누려
왔소. 그런 광영을 누리게 한 까닭은 나라의 동량이나 구국
의 간성이 되라는 것이었소. 그런데 막상 나라가 누란의 위
기에 처하니 우왕좌왕할 뿐이니 통탄할 따름이오!"

"……."

영선의 목소리가 커졌다.

"조선군은 북경에서 불과 며칠이면 도착할 지역까지 진격
해 왔소이다! 거기다 북방 초원은 오리아소대장군부가 궤멸
되며 무너져 버렸소! 그뿐이 아니라 강남은 사교가 송(宋)이
란 이름까지 천명하며 국권마저 뒤흔들고 있는 상황이오! 온

사방에서 우리 대청을 녹이려는 열풍이 휘몰아치고 있는 상황이란 말이오!"

영선의 목소리는 말을 하면서 커져, 종내는 넓은 대전을 쩌렁쩌렁 울리게 했다. 그런 영선의 시선을 받은 대신들은 당황해하며 고개만 숙였다.

영선이 길게 한숨을 내쉬었다.

"하! 참으로 통탄할 노릇이구나. 우리 대청이 어찌 이런 황망한 일을 겪어야 한단 말인가?"

탄식하던 영선이 결국 눈물을 흘렸다. 울음소리를 삼키려고 조심하던 그는 이내 흐느꼈다.

대전은 잠시 영선이 흐느끼는 소리로 가득해졌다. 가경제도 영선의 흐느낌에 눈시울을 붉혔다.

그러나 마음을 다잡았다.

"형님. 그만 고정하시지요. 황실 어른이신 형님께서 강건하셔야 황실이 편안해지고, 조정도 안정됩니다."

가경제의 위로에 영선이 급히 진정했다. 그는 몇 번이고 심호흡을 하고는 황제 앞으로 나가 옷을 털고선 공손히 무릎을 꿇었다.

"황공하옵니다. 신이 용렬하여 폐하의 성심을 어지럽혔사옵니다."

"아니에요. 형님의 우국충정이 어떠하다는 것을 짐은 너무도 잘 알고 있습니다. 그러니 너무 자책하지 말고 이만 일어나세요."

"황공하옵니다."

하례한 영선이 일어서지 않았다. 그런 모습에 가경제가 눈을 크게 떴다.

"형님. 왜 그러고 계시는 겁니까? 그만 자리를 털고 일어나세요."

영선이 고개를 저었다.

"아니옵니다. 신은 지금 폐하께 죽음을 각오하고 황조(皇朝)를 위한 고언을 드리려고 합니다."

대전이 순간 정적에 쌓였다.

가경제도 영선의 태도에서 이상한 느낌을 받고는 자세를 바로 했다.

"무슨 말씀인지 해 보시지요."

영선이 잠시 머뭇거리다 몸을 숙였다.

"폐하! 황망하오나 조선군의 기세가 너무도 엄청나옵니다. 그동안의 전투에서 우리는 아쉽게 전부 패하고 말았습니다. 더구나 진황도와 당산에서는 각각 80만과 70만 대군을 동원했으나 전멸에 가까운 패배를 했습니다. 그 결과 북경을 지키는 병력조차 온전하지 않은 상황이고요."

가경제의 목소리가 떨렸다.

"그거야 짐도 알고 있는 사실입니다. 그런 사실을 형님께서 재론하시는 연유가 무엇인지요?"

"북경에 남아 있는 병력은 금군을 제외하면 불과 몇만도 되지 않사옵니다. 그렇다고 지금 당장 징병을 해서 오합지졸을 성벽으로 올릴 수도 없고요. 이런 우리가 어찌 북경을 온전히 지켜 낼 수 있겠사옵니까? 하오니 잠시 조정을 다른 곳으로 옮겨 훗날을 도모하시옵소서."

예상했던 말이 영선에게서 나왔다.

가경제의 목소리가 심하게 떨렸다.

"지, 지금 짐에게 천도하자는 말이옵니까?"

영선은 조정을 잠시 옮기자고 했다. 그런데 가경제가 그것을 뛰어넘어 천도(遷都)를 거론했다.

청국은 천하의 주인이라고 자부해 왔다. 그런 청국이 감히 상상조차 할 수 없는 말이 나온 것이다.

더 놀라운 일이 발생했다.

놀랍게도 대전의 대신들은 그 말을 듣고도 크게 술렁이지 않았다. 물론 술렁이기는 했으나 가경제도 영선도 놀랄 정도의 반응이었다.

이런 상황에서 내각대학사가 나섰다.

"폐하! 천도라니요! 천부당만부당이옵니다. 북경은 우리 대청의 황도이옵니다. 이런 북경을 버리고 우리가 어디로 간단 말씀이옵니까?"

영선이 날카롭게 질책했다.

"경은 말을 가려 하시오. 그런 허망한 소리를 한다고 해서 상황이 달라진다고 생각하시오? 그리고 그렇게 하려면 당장 병력부터 모아서 공성전을 준비해야 하오. 그런데 지난 며칠 동안 그대들이 한 작태를 보면 한심하기 짝이 없소이다. 그저 폐하의 앞에서 황공하다는 변명만 하고 있는데, 그렇게 하면 조선군이 알아서 물러간다고 보시오?"

내각대학사가 식은땀을 흘렸다.

"황공하옵니다. 소인은 북경을 비워야 한다는 말씀에 정신이 없었을 뿐이옵니다."

영선의 안면이 와락 구겨졌다.

내각대학사의 발언은 황실과 조정을 위하는 듯했다. 그러나 결정적인 상황에서는 슬그머니 발을 빼며 보신을 먼저 생각하고 있었다.

청조의 중신들도 산전수전을 겪은 인물들이다. 이들도 내각대학사의 내심을 읽고는 씁쓸한 표정을 지었다.

영선은 더 질책하려다 그만두었다. 지금은 그를 질책하는 것보다 당장의 위기 상황을 벗어나는 일이 더 급했기 때문이다.

"폐하! 황망하오나 조금이라도 빨리 결정을 하셔야 하옵니다. 조선군의 본진은 며칠 거리지만, 조선 기병들은 북경 주변에 이미 접근해 있사옵니다. 그러한 사실을 북경의 백성들도 알고 있고요."

영선이 황실 종친에게로 고개를 돌렸다. 그런 그는 듬성듬성 자리가 빈 것을 보고는 이를 갈았다.

"으득! 황실 종친 중에서도 불충스럽게 벌써 피난을 떠난 자들이 있사옵니다. 조정의 관리들은 그 정도가 더 심하고요."

"으음!"

"이대로 시간을 더 끌수록 사태는 걷잡을 수 없는 지경이 되옵니다. 폐하께서는 삼억 신민의 주인이시며 대륙의 오직 하나뿐인 천자이십니다. 부디 훗날을 위해 용단을 내려 주시옵소서."

이때 영시위내대신이 나섰다.

그가 수미단의 아래로 나가 무릎을 꿇었다. 그리고 울음 섞인 목소리로 간절하게 호소했다.

"폐하! 의친왕 전하의 말씀대로 하시옵소서. 지금 당장은 치욕이지만, 황공하오나 훗날의 복수를 위해서라도 그것이 최선이옵니다."

쿵! 쿵! 쿵!

그가 두 팔로 바닥을 짚고는 이마를 찧었다. 수미단 앞은 영시위내대신의 피로 물들었다.

영시위내대신이 자책했다.

"천신(賤臣)이 너무 어리석었사옵니다. 폐하를 호위하는 시위처의 대신 감투가 신의 눈을 멀게 했사옵니다. 천신이 영시위내대신의 자리를 벗어던지고 전장에 나가 싸워야 했습니다. 그랬다면 폐하께 이런 불충을 범하지 않았을 것이옵니다. 너무도 참람하고 황망하옵니다."

개혁군주

가경제가 탄식했다.

"아아! 그만하시오. 경의 임무는 짐을 호위하는 것이오. 그런 경이 어찌 임무를 버리고 전장에 나가겠다는 말을 하는 것이오?"

"아니옵니다. 진즉에 그래야 했습니다. 폐하! 지금 잠시 치욕을 참고 훗날을 도모하시옵소서. 군자의 복수는 10년도 늦지 않다고 했사옵니다. 하물며 천자(天子)의 복수는 더 말해 무엇하겠사옵니까? 만일 폐하께서 천신의 주청을 가납해 주신다면 조선에 복수하는 그날까지 매일 칼을 갈며 갈옷을 입고 말똥을 지고 살겠사옵니다."

갈옷은 거친 칡베로 만든 옷이다.

거기다 군마 양성을 위해 말똥을 지고 매일 칼을 갈겠다고 한다. 복수하겠다는 최고의 염원을 영시위내대신이 밝힌 것이다.

가경제가 주먹을 움켜쥐었다.

"와신상담은 짐이 해야지. 짐이 우매하여 이런 처지가 되었으니 말이오."

영선도 울음 섞인 목소리로 나섰다.

"폐하! 우리 대청은 아직 죽지 않았사옵니다. 단지 잠시 어려울 뿐이옵니다. 앞으로 위로는 폐하와 황실, 아래로는 모든 백성이 힘을 모은다면 반드시 오늘의 치욕을 갚을 수 있사옵니다."

가경제가 한 발 더 나갔다.

"치욕만 갚아서는 아니 되지요. 반드시 조선을 정벌해 모조리 도륙을 내야 할 겁니다."

"옳은 말씀이옵니다. 폐하께서 용렬한 신에게 기회를 주신다면 앞장서서 말을 달리겠사옵니다. 하오니 폐하! 부디 용단을 내려 주시옵소서."

영시위내대신도 머리를 조아렸다.

"폐하! 용단을 내려 주시옵소서. 시간이 지체될수록 일이 더 복잡해지옵니다."

"그렇사옵니다. 특히 황후 폐하를 비롯한 황궁 비빈들은 준비할 것이 많사옵니다."

두 사람이 거듭해서 주청했다.

분위기를 보던 황실 종친이 무릎을 꿇으며 하나둘 가담했다. 그것을 본 청국 대신들도 줄줄이 무릎을 꿇었다. 이어서 황제를 보좌하던 환관들도 덩달아 무릎을 꿇으며 머리를 조아렸다.

가경제가 대전을 둘러봤다.

조선군의 북벌이 시작되고 처음으로 모든 황족과 대신들이 한 마음이 된 것이다. 늦어도 너무 늦었다는 생각에 절로 입 안이 썼다.

천도는 쉽게 결정할 사안이 아니다.

그렇다고 이런저런 계산을 하며 마냥 시간을 보낼 수는 없었다. 그러기에는 조선군의 압박이 목전까지 다가와 있었다.

고심하던 가경제가 겨우 입을 열었다.

개혁군주

연개소문의 회신

가경제가 영선을 바라봤다.

"형님! 천도를 한다면 어디로 간단 말씀입니까?"

"지금으로선 황하를 건너는 게 좋습니다."

가경제의 입에서 한숨이 나왔다.

"하! 황하를 건너자고요?"

"그렇습니다. 조선군의 화력은 막강합니다. 그런 조선군의 공격을 저지하기 위해서는 천연의 방어선이 있어야 합니다. 그런 방어선으로는 황하가 최고이고요."

가경제가 고개를 저었다.

"치욕스럽군요. 여기서 황하를 건너야 하다니요."

영선의 목소리가 준엄했다.

"폐하! 성심을 굳건히 하시옵소서. 월왕 구천은 오왕 부차에게 항복해 3년 동안 와신상담하며 기회를 엿봤습니다. 그런 와중에 부차의 변까지 먹었고요. 거기에 비하면 황하를 건너는 건 아무것도 아니옵니다."

"……좋습니다. 그러면 황하 너머 어디가 좋습니까?"

"낙양(洛陽)도 좋지만, 낙양은 황하와 너무 가깝사옵니다. 그래서 신의 생각으로는 서안(西安)이 가장 적당해 보입니다."

가경제의 안색이 굳어졌다.

"서안이라고요?"

영선이 차분하게 설명했다.

"그러하옵니다. 서안은 명나라 이전에는 장안(長安)으로 불릴 정도로 수많은 왕조의 도읍이었습니다. 그런 서안을 거친 왕조가 무려 13개나 되었고요. 서안은 성벽이 튼튼하고 넓으며, 과거의 왕성이 아직도 남아 있사옵니다. 그러한 왕성을 우리는 대대로 사람을 보내 보수해 왔던 터라, 불편하지만 당장이라도 사용이 가능할 것이옵니다."

설명을 듣는 가경제의 안색은 펴지지 않았다.

고심하던 가경제가 길게 한숨을 내쉬었다.

"후우! 여기서 서안까지 무려 이천오백여 리나 됩니다. 그 먼 거리를 어떻게 황후와 비빈들을 대동하고 이동한단 말입니까?"

영선의 목소리가 높아졌다.

"힘들어도 반드시 그렇게 하셔야 합니다. 방금도 말씀드렸지만, 황하를 건너야 안심할 수 있사옵니다. 폐하! 우리의 적은 조선만 있는 게 아니옵니다. 강남의 사교를 물리치는 일이 오히려 더 급하옵니다. 하오니 권토중래하기 위해서는 서안이 최선이옵니다."

고심하던 가경제가 결정했다.

"좋소. 그렇게 준비를 하시오."

영선이 두 손을 모아 쥐었다.

"황명을 받들어 거행하겠습니다."

내각대학사가 소리쳤다.

"황은이 망극하옵니다!"

황족과 대신들이 소리쳤다.

"황은이 망극하옵니다."

영선이 자리를 털고 일어났다. 그런 그가 황족과 대신들에게 경고를 주며 당부했다.

"나라가 누란의 위기에 처했소. 이런 때는 우리 황족이 솔선수범해야 하오. 그리고 모든 황족은 황실 이어(移御)에 전력을 다해 도와야 할 것이요."

황족들이 일제히 머리를 숙였다.

"명심하여 받들겠사옵니다."

영선이 모두를 둘러봤다.

"북경에서 서안까지는 이천오백여 리의 먼 거리요. 그 먼

길을 백성들과 함께 이동하는 건 결코 쉽지 않소이다. 서두르지 않으면 조선군에 꼬리를 잡힐 수가 있어서 최대한 빨리 이동할 것이오. 그러니 황실도 그렇지만, 황족과 대신들은 최대한 짐을 가볍게 준비하시오. 만일 짐을 너무 많이 가져가다 문제가 생긴다면 황명을 거역한 죄를 반드시 물을 것이오."

대신들이 움찔하며 몸을 숙였다.

"명심하겠습니다."

"자! 어서들 서두르시오. 지금 당장 돌아가 짐을 꾸리시오. 황실도 최선을 다해 짐을 꾸려 내일 새벽에는 출발할 수 있도록 하겠소."

가경제의 눈이 커졌다.

"형님! 내일 당장 피난을 떠나자는 말입니까?"

"그렇사옵니다. 생각 같아서는 지금 당장 움직이고 싶사옵니다. 그러나 그래도 짐을 꾸릴 시간은 있어야 하니 내일 새벽으로 시간을 정한 것이옵니다."

"끄응! 알겠소이다."

황제가 신음하며 용상에 몸을 기댔다.

그런 황제를 안쓰럽게 바라보던 영선이 환관들을 바라봤다.

"지금부터 너희가 할 일이 많다. 얼마나 빨리 움직이느냐에 따라 피난길에 차질이 생기지 않는다. 대전태감은 책임지고 모든 환관을 철저하게 단속해서 일이 잘못되지 않도록 하라."

대전태감이 급히 몸을 숙였다.

"명심하겠사옵니다."

영선의 지시가 한동안 이어졌다. 지시를 받은 당사자들은 인사를 하고는 급히 대전을 빠져나갔다.

잠시 후.

복잡했던 대전이 휑해졌다. 대전에는 영선만 남자 가경제가 처음으로 걱정 어린 목소리를 냈다.

"형님, 피난에 문제는 없을까요?"

영선의 얼굴이 흐려졌다.

"후! 솔직히 쉽지 않사옵니다. 조선 기병이 북경 근처에 출몰했다는 게 문제입니다."

"우리가 피난을 하면 바로 추적한단 말이군요."

"그렇사옵니다. 그래서 최대한 서둘러 이동을 해야 합니다. 그러면서 금군 병력을 나눠서 조선군과 맞싸워야 합니다."

금군 병력을 투입한다는 말에 가경제의 안색이 더 흐려졌다. 영선이 그런 모습을 보면서 강조했다.

"그렇게 금군 병력을 축차 투입하지 않으면 무조건 조선군에 덜미를 잡힐 수밖에 없사옵니다."

"금군을 전부 희생해서 이동하게 되면, 서안에 도착했을 때는 어떻게 합니까?"

영선이 펄쩍 뛰었다.

"전부를 희생시킬 수는 없습니다. 그랬다간 서안에 도착하자마자 황실의 안위가 당장 위태롭게 됩니다."

"허면 다른 묘안이라도 있습니까?"

"폐하! 이번원(理藩院)에는 아직 남은 장군부가 있사옵니다."

황제가 팔걸이를 때리며 탄성을 터트렸다.

"맞아! 아직 오리장군부가 있었지?"

"그러하옵니다. 중가르 지역을 관장하는 오리장군부에는 5만의 정병이 있사옵니다. 그 병력을 불러들여 금군으로 재편하면 폐하와 황실을 지켜 낼 수 있사옵니다."

"오리장군부의 병력을 불러들이면 당장 중가르 지역이 무주공산이 되지 않습니까?"

"중가르 지역은 선황제의 명령으로 중가르 부족이 거의 전멸했습니다. 그래서 당장은 괜찮사옵니다."

"오이라트의 다른 부족이 문제가 되지 않을까요?"

영선이 강조했다.

"폐하! 지금 가장 중요한 건 폐하의 안위와 황실 보전입니다. 그리고 대청의 주인이신 폐하를 무사히 서안까지 모실 수만 있다면 무엇이 아깝겠사옵니까? 하오니 폐하께서는 천도 이후를 걱정하시옵소서. 지금은 무엇보다 그게 가장 중요하옵니다."

가경제가 무겁게 고개를 끄덕였다.

"알겠습니다. 형님께서도 앞으로도 짐을 많이 도와주세요. 이번 일을 겪으며 짐의 옆에 사람이 너무 없다는 걸 절감

했사옵니다."

"……그렇게 하겠사옵니다."

영선은 가경제가 제위에 오른 뒤 10년 넘게 은인자중해 왔다. 그런 영선에게 가경제가 직접 손을 내민 것이다.

황제의 전폭적인 신임을 등에 업은 영선은 거칠 것이 없었다. 그는 이날 꼬박 밤을 새워 가며 피난 준비를 진두지휘했다.

그리고 다음 날 새벽.

끼익!

여명이 밝아 오기도 전에 자금성 정문인 오문이 활짝 열렸다. 그렇게 열린 오문(午門)으로 황제의 어가가 나왔으며, 뒤따라 황자와 황후, 그리고 비빈들을 태운 마차가 줄지어 나왔다.

오문을 나온 가경제의 어가는 황성 남문인 천안문을 지났다. 이어서 5개의 돌다리를 건너고 대청문과 정양문(正陽門)을 지나 외성을 가로질렀다.

이런 황실의 피난 행렬 뒤로 만주족의 피난 행렬이 끝도 없이 이어졌다. 그러한 대열이 어느 정도 지나고 나서야 외성의 한족이 뒤따랐다.

❈

청국 황실의 피난 소식은 급보로 세자에게 보고되었다. 세자는 이때 조선군 본진과 함께 북경과 당산 중간 정도를 지나고 있었다.

세자가 급히 지휘부를 소집했다.

"드디어 청국이 천도를 결행했다고 합니다."

순간 막사가 열기로 후끈 달아올랐다.

"와!"

백동수가 고개를 숙였다.

"축하드립니다, 저하. 드디어 대업의 능선을 넘었사옵니다."

다른 지휘관들도 덩달아 인사를 했다.

여느 때였다면 손을 들어 만류했을 세자다. 그러나 이번에는 고개를 끄덕이며 지휘관들이 하례를 받았다.

"모두가 전심전력으로 노력한 덕분입니다. 백 장관님."

"예, 저하."

"이제부터 고삐를 바짝 죄어야겠지요?"

"물론입니다. 청국 황실의 천도는 북경이 비워졌다는 것을 의미합니다. 그러니 저하께서는 먼저 주상 전하께 기쁜 소식을 직접 전하시옵소서."

"예, 그렇게 하겠습니다. 아바마마께서도 이 소식을 들으시면 누구보다 기뻐하실 것입니다."

"맞습니다. 그리고 최대한 서둘러 북경에 입성해야 할 듯하옵니다. 자칫 불측한 무리가 황성과 자금성의 담장을 넘을 가능성도 있사옵니다."

개혁군주

세자가 고개를 저었다.

"아니에요. 우리는 예정대로 진군합니다. 그 대신 기병여단으로 북경 주변을 뒤흔들어 놓으라고 하세요. 그렇게 우리 기병이 북경 일대를 휘젓고 다니면, 북경의 피난 행렬은 대폭 늘어나게 될 겁니다."

"알겠습니다. 그리고 청국의 행렬을 뒤흔들기 위해서는 지금의 기병만으로는 부족한 감이 없지 않습니다."

"아무래도 그렇겠지요. 북방의 기병군단을 서둘러 합류시켜야겠네요."

"그러기 위해서는 장가구로 병력을 보내 기병군단을 지원시키는 게 좋겠습니다."

"양쪽에서 협공을 하자는 말씀이군요."

"예, 저하."

"청국 조정이 북경을 버렸다는 사실을 장가구의 수비 병력도 곧 알게 될 겁니다. 그러면 절로 무너지지 않을까요?"

"저도 그럴 거라는 예상을 합니다. 그러나 전장에서는 생각지도 않은 변수가 늘 상존합니다. 더구나 청국의 장수들은 아직도 우리에게 밀리는 걸 인정하지 않으려는 경향이 남아 있습니다."

"그렇기는 하지요."

"장가구의 병력은 아직 우리와 맞싸운 적이 없습니다. 그런 상황에서 자칫 지휘관이 오판해서 결사 항전과 함께 분사

(焚死)를 택할 수도 있습니다.”

세자가 동의했다.

“알겠습니다. 장가구로 병력을 보내세요. 다만 포병이 움직이면 속도가 줄어드니 보병사단만 선발해서 보내세요. 그리고 보병만 보내면 화력이 부족할 터이니 박격포병을 충원해서 보내시고요.”

백동수가 즉각 고개를 숙였다.

“그렇게 조치하겠습니다.”

사방으로 전령이 달려 나갔다.

이어서 1개의 사단 병력을 차출해 장가구로 지원하러 보냈다. 이 사단 병력에는 세자의 지시에 따라 각 사단에서 차출한 박격포 병력이 대거 충원되었다.

이런 상황에서도 조선군은 꾸준히 북경으로 전진했다. 회의를 마친 세자와 지휘부도 서둘러 전진 대열에 합류했다.

✾

피난은 그 자체만으로도 어렵다. 여기에 백성들을 이끌며 이동한다는 것은 상상 이상으로 지난하다.

병력의 이동은 하루에 보통 30리지만 피난은 그보다 빠르기는 하다. 그러나 너무 많은 백성이 행렬을 이루고 있어서 자꾸만 지체되었다.

개혁군주

청국 금군은 이런 백성들을 다그치며 걸음을 독려했다.

조선 기병은 청국의 피난 대열을 속도를 적절히 조절해 가며 뒤쫓았다. 절대 무리하지도 않았으며, 그렇다고 거리를 두지도 않았다.

이런 조선 기병의 추적 때문에 청국의 피난 속도는 빨라져서 하루 수십 리를 이동했다. 이런 속도로 인해 노약자들의 낙오가 속출했다.

그럼에도 청국 금군은 이동속도를 절대 늦추지 않았다. 금군의 임무는 황실을 무사히 서안까지 호위하는 것이어서 백성들의 어려움은 뒷전이었다.

그렇게 10여 일을 피난했다.

이날 저녁, 가경제가 힘든 몸을 쉬고 있는데 갑자기 막사 밖이 소란스러워졌다. 누워 있던 가경제가 환관의 부축을 받아 몸을 일으키니, 영선과 영시위내대신 등이 급히 들어왔다.

가경제는 순간 불안했다.

"무슨 일이 생긴 것이냐?"

영시위내대신이 급히 보고했다.

"폐하! 황망하게도 끝까지 저항하던 장가구가 조선군에 함락되었다고 하옵니다."

가경제가 장탄식을 터트렸다.

"아아! 장가구가 기어코 뚫리고 말았구나."

영시위내대신이 황송해했다.

"북경을 향하던 조선군 일부가 지원했다고 하옵니다. 그 바람에 며칠 견디지 못하고 무너졌다고 하옵니다."

"장가구를 지키던 병력은 어떻게 되었다고 하더냐?"

"전령의 보고에 따르면 장수들과 병력 대부분이 전사했다고 하옵니다."

가경제가 한동안 말을 잃었다.

"후……! 큰일이구나. 아래에서는 사교가 강남을 휘젓고 있고, 황하 이북은 조선이 전부 강점하게 되었어. 북방 초원도 마찬가지고……."

영선이 위로했다.

"폐하! 성심을 굳건히 하십시오. 안타깝지만 이미 예견되었던 상황입니다. 지금은 폐하와 황실이 서안으로 무사히 이어하는 데 전력을 기울여야 하옵니다."

영시위내대신이 나섰다.

"그렇사옵니다. 그래서 드리는 말씀인데, 내일부터는 이동속도를 좀 더 높여야 할 듯하옵니다."

가경제가 놀랐다.

"아니, 여기서 어떻게 더 빨리 간단 말인가?"

"장가구가 뚫렸사옵니다. 지금은 조선 기병의 병력이 적어 뒤쫓아 오기만 했사옵니다. 그러나 장가구의 조선 기병이 합류한다면 그 즉시 문제가 되옵니다."

영선도 가세했다.

"영시위내대신의 말이 맞습니다. 보고에 따르면 북방의 조선 기병의 숫자가 이십여만이나 됩니다. 그 병력이 합류하게 되면 금군이 전부 나서서 맞상대해야 합니다. 그리되면 황실을 수호하는 일이 당장 문제가 되니, 그러기 전에 서둘러 황하를 건너야 하옵니다."

가경제가 한숨을 내쉬었다.

"후! 짐과 황실은 마차로 이동한다고 해도, 백성들은 어떻게 한단 말씀입니까?"

"송구하오나 지금은 폐하와 황실의 안위가 우선이옵니다."

가경제가 탄식했다.

"하아! 천자인 짐이 백성을 버려야 하다니. 어찌 이리 황망한 일을 해야 한단 말인가? 과거 촉한의 선주였던 유비(劉備)는 신야에서 조조의 대군을 피해 피난할 때 10만이 넘는 백성이 뒤따랐다. 유비는 피난 와중에 여러 어려움이 있었지만 끝까지 백성을 버리지 않아 천하의 인심을 얻었다. 헌데 짐은 거꾸로 백성을 버려야 하는 처지가 되었구나."

영선이 위로했다.

"폐하! 지금은 그때와 사정이 다릅니다. 우리를 뒤쫓는 것은 조선입니다. 그리고 유비는 의탁했던 신야를 버렸지만, 우리는 잠시 어려움을 피하려고 하는 것뿐입니다."

영시위내대신도 동조했다.

"백성들을 모두 이끄는 것이 결코 능사는 아니옵니다. 당시 유 선주를 따르던 백성들은 조조군의 공격에 거의 전멸했습니다. 만일 제갈량과 관우가 하루만 늦게 도착했어도 유선주의 명운도 거기서 끝났을 것이고요. 쓸데없는 자비심이 오히려 백성들 대부분을 죽게 만든 것입니다. 그러나 우리는 아직 시간이 있사옵니다."

영선이 다시 가세했다.

"옳은 지적입니다. 최대한 서둘러 황하를 건너야 하옵니다. 그래야만 이리장군부의 병력이 합류해 조선군을 격퇴할 수 있사옵니다."

영선에 이어서 여러 사람이 나섰다.

가경제가 손을 저으며 그들의 말을 멈추게 했다.

"그만! 짐이 칙허할 터이니 그만들 하시오. 허나 최대한 백성들을 이끌고 갈 수 있는 아량을 베풀어 주시오."

"명심하겠사옵니다."

대답은 이렇게 했다. 그러나 가경제도, 청국의 대신들도 백성들을 데리고 갈 수 없다는 사실은 모두 알고 있었다.

다음 날.

청국 황실은 새벽부터 움직였다.

"서둘러라! 조선군이 곧 뒤를 따라온다!"

"마차를 빨리 몰아라!"

이전까지는 그래도 종종걸음으로라도 황실의 뒤를 따를

수 있었다. 그러나 이날부터 걷는 청국 백성들은 황실 행렬을 따르지 못했다.

수많은 백성이 울부짖었다.

그러나 대놓고 원망하지는 않았다. 청국 백성들도 장가구가 무너졌다는 소문을 들었기 때문이다.

이들은 울부짖으면서도 결코 발걸음을 멈추지 않고 피난했다. 조선군이 두려운 이들에게는 황하를 건너야 살 수 있다는 생각뿐이었다.

❀

이 무렵.

장가구의 조선 기병군단이 병력을 재편했다. 병력 재편을 마친 북방기병여단장 유병호가 소리쳤다.

"청국 황실을 따라잡으려면 최대한 서둘러야 한다. 그러니 지금부터 며칠 동안 말에서 잠을 잘 각오를 하라!"

"와!"

"갑시다!"

"당장 청국 황제의 목을 따러 갑시다!"

북방기병여단은 언제나 선봉이었다.

그 이전에는 카자크기병대와 합심해 북방을 완전히 뒤흔들어 놓았었다. 그런 노력 덕분에 기병군단과 3군은 북방 평정의 임무를 너무도 훌륭히 완수할 수 있었다.

장가구의 마지막 결전에서도 유병호의 북방기병여단은 최고의 전공을 세웠다. 그런 기병여단의 선봉은 거의 홍경래의 부대가 맡았다.

지금도 마찬가지였다. 유병호의 지시가 떨어지자 홍경래가 말고삐를 틀어잡고 뛰어나왔다.

"여단장님, 이번에도 우리 중대가 선발대로 나서겠습니다."

몇 번의 전투에서 공을 세운 홍경래는 대위로 진급하며 중대를 맡고 있었다.

홍경래의 건의를 유병호가 흔쾌히 받아 주었다.

"좋다. 그런데 선발대는 정말 말에서 잠을 자야 할 터인데, 버틸 수 있겠어?"

"걱정 없습니다."

홍경래가 2필의 말을 가리켰다.

"3필의 말을 바꿔 타면 며칠은 너끈히 달릴 수 있사옵니다. 그리고 통조림으로 배를 채울 수 있는데 무엇을 걱정하겠습니까?"

유병호가 크게 웃었다.

"하하하! 맞다. 과거 칭기즈칸의 부대는 고기를 얇게 저며 말안장에 깔아서 먹으며 며칠을 달렸다고 한다. 거기에 비하면 우리 통조림은 천상의 식품이기는 하지."

조선군이 만주와 몽골 초원을 장악하면서 군마 보급이 대폭 확대되었다. 그 결과 기병군단은 각각 3필의 말을 운용할 수 있게 되었다.

3필의 말을 운용하는 방식은 칭기즈칸이 가장 먼저 도입했다. 3필의 말 중 1필은 보급품과 건초를 싣는다.

남은 2필의 말을 번갈아 타며 하루 200~250킬로미터라는 엄청난 거리를 이동했다. 칭기즈칸의 몽골 기병은 이런 무지막지한 기동력으로 세계 최대의 영토를 정복할 수 있었다.

북방기병여단은 몽골 초원에서 이미 몇 차례 이런 경험을 했다. 그래서 홍경래가 선발대를 자청하면서 청국 황실을 따라잡겠다고 장담한 것이다.

유병호가 홍경래의 어깨를 두드려 주었다.

"잘해 봐! 홍 대위가 이번에도 큰 공을 세우면 세자 저하께서 분명 크게 포상하실 거야."

홍경래가 가슴을 폈다.

"소장은 포상을 바라지 않습니다. 다만 우리가 연개소문의 후예라는 점을 저들에게 반드시 각인시켜 주겠습니다."

유병호도 굳은 표정을 지었다.

"알았어! 우리 모두 서둘러 반드시 청국 황제의 항복을 받아 내도록 하자."

"알겠습니다. 그럼 소장이 먼저 출발하겠습니다."

"조심해. 그리고 정찰병을 먼저 보내는 거 잊지 말도록 해."

"물론입니다."

홍경래가 군례를 올렸다. 그런 그는 자신의 부대를 보며 손짓했다.

"중대! 앞으로 나와 정렬하라!"

그의 명령에 백여 명의 병력이 앞으로 나왔다. 홍경래가 그 병력 중 두 명의 준무관을 지목했다.

"귀관들이 오늘 하루 정찰을 맡도록 해!"

"알겠습니다."

준무관 두 명이 군례를 올리고는 출발했다. 그들이 출발하고 잠깐 기다렸던 홍경래가 손을 들었다.

"중대! 출발하라!"

처음에는 속보로 움직이던 병력이 이내 달리기 시작했다.

순식간에 홍경래의 병력이 앞서 나갔다. 유병호가 그런 모습을 바라보다가 몸을 돌렸다.

"자! 우리도 병력을 점검해 뒤를 따른다. 모든 병력은 군량과 건초를 신속히 점검하라!"

유병호의 지시가 떨어지자 여단 병력이 분주하게 움직였다. 그리고 얼마 후 그의 여단이 출발했으며 뒤이어 기병군단 전체가 움직였다.

✿

두! 두! 두! 두!

조선 기병이 출발했다는 소식은 며칠 후 청국 황실에 전달되었다. 소식을 들은 청군은 한층 더 이동속도를 높였으며, 갖고 가던 짐도 점차 버렸다.

황실의 짐은 대부분 황후와 비빈들이 사용하던 옷가지와 장신구였다. 청국 백성들은 이런 짐이 버려질 때마다 서로 갖겠다고 이전투구가 벌어졌다.

"쳐라!"

북방에서 내려온 홍경래는 청군의 뒤를 쫓던 기병여단과 조우했다.

그러고는 청국의 피난민들을 사정없이 몰아쳤다. 조선 기병이 몰아치면 황실 짐을 갖고 이전투구를 벌이다가 먼저 살겠다고 사방으로 흩어졌다. 흩어진 피난민들은 멀리 가지도 못하고 기병여단에 붙잡혔다.

지금까지 기병여단은 적당히 압박만 하고 실제적인 공격은 가하지 않았다.

그러나 홍경래는 달랐다.

그가 이끄는 중대 병력은 청국 피난민을 대놓고 압박했다. 홍경래 병력이 이곳저곳에서 들쑤시면서 피난 행렬이 크게 흔들렸다.

청국 금군은 속수무책이었다. 워낙 소규모 병력이 치고 빠지는 바람에 병력 배치도 쉽지 않았다.

더구나 조선 기병군단이 다가오고 있는 상황이어서 병력

을 분산하기도 어려웠다. 그 바람에 홍경래는 며칠 동안 마음껏 피난 행렬을 압박했다.

청국 피난민들에게 홍경래는 악귀였다.

홍경래는 무자비하게 피난민들을 도륙하지는 않았다. 그러나 워낙 기세등등하게 달려들다 보니 청국 백성들은 보기만 해도 오금이 저렸다.

홍경래가 나타나면 청국 피난민들은 모든 짐을 버리고 도망쳤다. 그 바람에 홍경래가 지나간 곳에는 수많은 노획물이 산더미처럼 쌓였다.

그러다 조선 기병군단이 도착했다.

하늘 가득 흙먼지로 뒤덮이고 말발굽 소리가 낮게 지축을 울렸다. 대규모 기병군단이 다가오고 있는 것을 확인한 청국 금군은 병력을 나눴다.

조선 기병을 10만 정도로 알고 있는 청국으로선 도망만 하다가 뒤를 내줄 수는 없었다. 만일 그런 일이 벌어진다면 제대로 된 결전을 치러 보지도 못하고 무너질 수 있다.

아직 황하까지는 상당한 거리가 남아 있었다. 청국 황실과 황족, 그리고 주요 대신들은 어쩔 수 없이 대부분의 짐을 버렸다.

수많은 귀중품이 버려졌다.

너무도 아까운 재물이었다. 그러나 아무리 귀중한 재물도 목숨보다 소중하지는 않았다. 그렇게 짐을 버려 몸을 가볍게 한 이들은 2만 병력의 호위를 받으며 황하 방면으로 전력을 다해 도주했다.

청국 금군 10만은 조선 기병군단을 막기 위해 말머리를 돌렸다. 청군이 병력을 재편하자 청국 백성들도 대부분의 짐을 버리고 황하 방면으로 달려갔다.

홍경래 부대는 며칠 동안 자신의 임무를 충분히 달성했다. 그런 홍경래는 더 이상 피난민을 쫓지 않고 소리쳤다.

"이제부터 본진으로 합류한다!"

"피난민을 쫓지 않습니까?"

"지금은 본진과 합류해 끝까지 쫓을 것이다! 그러니 돌아가서 합류하자!"

"알겠습니다!"

홍경래가 말머리를 돌렸다. 그리고 다가오는 조선 기병군단과 합류하기 위해 달려갔다.

다음 권으로 이어집니다

One for all
원포올

일라잇 스포츠 장편소설

작렬하는 슛, 대지를 가르는 패스
한계를 모르는 도전이 시작된다!

축구 선수의 꿈을 품은 이강연
냉혹한 현실에 부딪혀 방황하던 중
운명과도 같은 소리가 귓가에 들어오는데……

당신의 재능을 발굴하겠습니다!
세계로 뻗어 나갈 최고의 축구 선수를 키우는
'One For All' 프로젝트에, 지금 바로 참가하세요!

단 한 번의 기회를 잡기 위해
피지컬 만렙, 넘치는 재능을 가진 경쟁자들과
최고의 자리를 두고 한판 승부를 벌인다!

실력만이 모든 것을 증명하는
거친 그라운드에서 당당히 살아남아라!

기갑천마

거짓이슬 퓨전 판타지 장편소설

종말을 막지 못한 절대자
복수의 기회를 얻다!

무림을 침략한 마수와의 운명을 건 쟁투
그 마지막 싸움에서 눈감은 무림의 천하제일인, 천휘
종말을 앞둔 중원이 아닌 새로운 세상에서 눈을 뜨는데……

"천휘든 단테든, 본좌는 본좌이니라."

이제는 백월신교의 마지막 교주가 아닌 평민 훈련병, 단테
그럼에도 오로지 마수의 숨통을 끊기 위해
절대자의 일 보를 다시금 내딛다!

에이스 기갑 파일럿 단테
마도 공학의 결정체, 나이트 프레임에 올라
마수들을 처단하고 세상을 구원하라!